코끼리
무덤
케이크

코끼리
무덤
케이크

서윤빈 장편소설

정말로 신이 있다면 이 세상도 업데이트 좀 해 줬으면 좋겠다.

유저끼리 알아서 하라고 놔두는 게임치고 오래 간 게임이 없는데

왜 그거 하나 모르나 싶다.

1

아버지에 관해 나는 거의 아무것도 기억하지 못했다. 내게 아버지는 사람이라기보다는 전원 코드 대신 산소 호흡기를 달고 색색거리는 기계 같았다.

어머니 말로는 내가 유치원에 들어가기 전까지는 그렇게 아버지를 잘 따랐다고 한다. 그러나 내가 기억하는 한 아버지는 내게 윙크를 해 준다거나, 껴안아 준다거나, 간식을 준 적이 단 한 번도 없었다. 아버지가 하는 일이라고는 오직 '지오메트리 대시'라는 게임의 튜토리얼 스테이지 모양으로 생긴 심전도 그래프를 그리는 것뿐이었다. 위아래로 삐죽한 삼각형들을 발생시키기. "삡ㅡ" 하는 소리 내기. 그런 일은 사람이 아니라 압전소자도 할 수 있는 일이다. 압전소자는 쿠팡에서 3천 원이면 구할 수 있다.

아버지는 골드버그 장치였다. 쇠공이 굴러가서 도미노를 쓰러뜨리고, 도미노가 풍선을 터뜨리고, 풍선이 천장으로 올라가면서 미니카를 밀고, 미니카가 트랙을 질주해 알람을 울리는 간단한 일을 위해 설계된 필요 이상으로 복잡한 장치.

나는 골드버그 장치를 경매하는 사이트를 알고 있다. 아인슈타인처럼 차려입은 사람들이 자기가 만든 골드버그 장치를 판매하는 곳이었다. 알람, 풍선을 불어 주는 장치, 전등을 멀리서 켜고 끌 수 있는 장치 등……. 다양한 장치들 사이에서 유일한 공통점은 하나같이 놀랍도록 비싸다는 점이었다. 그 사이트에는 페이지 곳곳에 광고 창이 박혀 있었는데, 웃기게도 각 장치 옆의 광고 창에는 늘 같은 기능을 할 수 있는 도구가 최저가로 판매되고 있었다. 골드버그 장치는 요란하고 쓸모없이 만들수록 가격이 올랐다. 그러나 아버지보다 비싼 장치는 없었다.

어머니는 내게 아버지의 병원비에 관해 한 번도 말해 준 적이 없었다. 하지만 알려 주지 않았다고 해서 꼭 모르는 건 아니다. 누군가 어떤 사실을 모르게 하고 싶으면 알려 주지 않는 게 아니라 잘 숨겨야 한다. 이를테면 휴대전화 화면이나 반으로 접은 청구서를.

어머니는 일주일에 한 번씩 나를 데리고 아버지를 점검하러 갔다. 아버지가 있는 방에 들어가기 위해서는 자격이 있음을 증명하는 딱딱한 플라스틱 명찰을 차야 했다. 우리는 주어진 30분 동안 아버지에게 무슨 일은 없는지 살폈다. 무슨 일이 일어난 적은 없었다. 그게 문제였다.

아버지 앞에 설 때면 어머니는 한 손으로 아버지의 손목을 잡고 다른 한 손으로는 내 손목을 잡았다. 내가 아버지의 손을 잡아 주기를 바라는 거였다. 어머니는 아무 말 안 했지만 나는 알았다. 쥐는 힘이 달랐으니까.

아버지의 손은 어머니가 좋아하는 장충동 왕족발의 껍질과 비슷했다. 어머니는 오소소 돋은 소름이 유언처럼 달라붙은 검붉고 두꺼운 껍질을 맛있게 씹곤 했다. 나와 어머니는 둘이서 족발 소자 하나를 다 못 먹어서 남은 족발이 다음 날 아침까지 식탁 위에 방치되어 있곤 했다. 족발은 이미 죽은 피부인데도 밤사이 추위에 떨기라도 했는지 다음 날이 되면 더 거칠어져 있었다. 아버지에게 입을 맞추거나 껴안기까지 하면서도 어머니가 어떻게 족발을 계속 좋아할 수 있는지 나는 좀 궁금했다. 물론 족발에 대해 양면적인 감정을 가지게 되어 족발을 먹을 때마다 눈물을 주룩주룩 흘리는 것보다는 낫겠지만……. 어쨌든 나는 족발만 보면 아버지 생각이 났고, 입맛이 없어졌다. 어머니가 콜라겐이 중요하다며 내게 한 점씩 집어 줄 때, 나는 그걸 쌈으로 싸서 먹었다. 어머니는 내가 쌈을 좋아하는 걸 대견해 했다. 채소를 싫어하는 청소년들에 대한 뉴스가 자주 전파를 타던 시기였다. 나는 어머니가 착각하도록 내버려두었다.

2

아버지가 눈을 뜨고 있든 그렇지 않든 학생은 학교에 가야 했다. 자녀가 학교에 나가지 않으면 부모가 처벌받을 수 있다. 내가 보기에 그건 아주 이상한 규정이었다. 종종 그 규정만 믿고 학교에 코빼기도 보이지 않는 애들도 있었다. 부모를 미워하는 게 분명했다. 그 애들의 부모는 아이 때문에 곤경에 처해 학교에 소환되곤 했는데, 그런 날에도 그들은 모습을 드러내지 않았다. 교무실에 남겨진 어른들은 오지 않는 아이를 하염없이 기다렸다. 아이에게 계속 전화를 거는 것 말고는 달리 할 수 있는 일이 없는 모양이었다. 나는 그들에게 아이는 이미 학교를 빠져나갔고, 차라리 경찰을 부르는 편이 더 나은 방법이라는 사실을 말해 주고 싶었다. 그러나 어른들의 눈에 어린 순진한 희망 덩어리들을 볼 때면 몸에 힘이 쭉 빠져 자연히 포기하게 되었다. 진실이 누구에게나 좋은 것은 아니다.

학교에 학부모가 오는 날이면 나는 불편한 편안함 속에 있었다. 그런 날엔 교사들의 신경이 곤두서 있기 마련이어서 아무도 나를 건드리지 않았다. 바른 자세로 책상에 앉으면 누구나 혼자라는 걸 떠올리게 된다. 내게 말을 거는 사람이 없으니 이어폰 너머로 다양한 소리가 들렸다. 노이즈 캔슬링 기능으로 변형된 그 소리는 이상하게도 모두 울음소리를 닮았다.

왜 사람들은 세계가 점점 더 슬퍼지는지 연구하지 않는 걸까. 교무실에 찾아오는 학부모의 수가 매년 늘어나고 있었다. 학교 폭력도 매년 심해졌다. 예전을 떠올리면 애들이 하는 일이라고는 단체 카톡 방에 초대해 주지 않거나 생일 파티에 부르지 않거나 하는 정도였다. 4년 전부터 촉법소년이라는 말이 다시 유행하기 시작하더니 대놓고 때리는 애들이 나타났다. 올해에는 증거가 남는 괴롭힘도 서슴지 않았다.

일주일 전이었다. 자리에 앉으니 책상 위에 처음 보는 검은 형체가 놓여 있었다. 검은 형체는 둥글었고, 깃털이 달려 있었으며, 이상한 냄새를 풍겼다. 책상 위가 흥건하지 않은 걸 보니 고체이

긴 한 것 같았다. 나는 그것의 사진을 찍었다. 사진에 동그라미를 치면 AI 소프트웨어인 '재민이'가 그 대상이 무엇인지 가르쳐 준다. 재민이는 그것이 새라고 말했다.

새가 왜 내 책상 위에? 그리고 왜 검지? 까마귀는 검다는 인식이 있지만 사실 까마귀의 털은 보라색과 초록색이 섞인 짙은 감색이다. 석탄처럼 새까만 새가 존재하기는 하던가?

나는 재민이에게 그것에 관해 물어보았다. 재민이는 깃털이 검은 새를 여러 마리 보여 주었는데, 그중 어느 것도 내 책상 위에 놓인 새와 닮지 않았다.

무언가 "쿵" 하고 떨어지는 소리에 정신을 차렸다. 이게 새든 아니든 우선은 치워야 했다. 책상에 악취가 배는 건 싫었다. 쓰레기봉투를 가져다가 그 검은 것을 집어넣었다. 들어 올리니 축 처졌고, 매스꺼운 냄새가 나는 액체가 흘러내렸다. 책상을 닦기 위해 물티슈 한 통을 다 쓰고, 손을 다섯 번 씻었다.

책상으로 돌아와 자리에 앉았다. 학교에 온 지 얼마 되지 않았는데 벌써 집에 가고 싶었다. HP는 남아 있지만, MP가 0이 되어 버린 기분이었다. 포션 대신 콜라를 마셔도 기분이 영 마땅찮았다. 콜라도 검은색이라서 그런가. 그때 어깨에 단단한 팔이 감겼다. 우리 반에 그런 우람한 근육을 가진 사람은 한 명밖에 없기 때문에 목소리가 들리기 전부터 그의 정체를 알 수 있었다. 효종이었다.

"선물이 마음에 안 들었나 봐? 멋대로 버려 버렸네."

효종이 말했다. 아무도 그런 걸 선물이라고 부르지 않는다는 말을, 나는 하지 않았다. 멍청함은 특권이다. 온라인에서 사람들이 자신의 무식함을 자랑하는 이유는 그런 특권을 현실에서는 거의 누릴 수 없기 때문이라고, 유인원을 연구하는 한 유명한 생태학자가 말한 적이 있다. 그 말을 들었을 때 떠올렸던 의문도 함께 떠올랐다. 그러면 똑똑한 사람들은 대체 어떻게 해야 하지?

"실수로 버린 거라면 다시 선물해 줄게."

효종이 웃었다. 그가 웃자 그의 옆에 간신처럼 도열한 그의 친구들도 같이 멍청하게 웃어대며 한 마디씩 말을 얹었다.

"어이, 무시하는 거냐?"

"또 말이 제대로 안 나오나 보지."

"말을 못하는 거였어? 멍청한 게 아니라?"

"몸이 작다고 뇌까지 작다고 생각하는 건 편견이야, 바보들아."

"그럼 그냥 성장이 멈춘 거 아냐? 중학교엔 왜 왔니, 초딩아."

나는 대답하지 않았다. 하지만 대답하지 않는다고 끝날 일이었으면 이 일은 진작에 끝났을 것이다. 대답한다고 해서 키가 자라고 덩치가 커질 거였다면 나는 숨이 찰 때까지 소리쳤을 것이다.

그들은 수업 종이 칠 때까지 10분이나 더 나를 못살게 굴다가 떠났다. 선생은 내 책상을 둘러싸고 있는 녀석들을 보고도 머리를 벅벅 긁어대며 자리에 앉으라고 중얼거릴 뿐이었다. 효종과 그의 무리가 낄낄거리는 소리가 들린 것도 같았지만, 뒤돌아보지 않았다.

선생에게 악감정은 없다. 잃을 게 있는 사람과 잃을 게 없는 사람의 대결. 책임져야 하는 사람과 책임을 안 져도 되는 사람의 대결. 결과는 안 봐도 뻔하다. 요즘 선생들은 애들에게 맞지나 않으면 다행이니까, 몸 사리는 것도 이해한다. 힘들게 선생이 됐을 텐데 오래 하셔야지. 작년엔 학생에게 맞아서 코뼈가 부러진 선생이 있었다고 했다. 그런 뉴스는 애들 사이에서 빠르게 퍼진다. 효종이 한층 더 기세등등한 데는 그 이유도 있겠지. 댓글로는 욕을 많이 먹어도 실제로 그들이 큰 벌을 받을 거라고 믿는 사람은 아무도 없다.

효종은 나를 때린 적도 있었고, 내게 욕을 한 적도 있었다. 나는 그가 무슨 짓을 했는지 모두 기록해 두었다. 하지만 만약의 사태에 대비하기 위해서였을 뿐, 학교 폭력으로 신고하기 위해서는 아니었다. 무엇이 정말로 학교 폭력인지 아닌지 결정되려면 학교폭력심의위원회가 열려야 한다. 그렇게 되면 효종과 그 무리는 내게 학교 폭력과 명예훼손으로 역고소를 걸 것이다. 물론 법정 다툼을 하면 내가 이기기는 하겠지. 하지만 그들의 목적은 항소와 상고까지도 마다하지 않고 생활기록부 입력 기간 내에 학교폭력심의위원회가 결론을 내리지 못하게 하는 것이다. 그럼 결국 모든 게 흐지부지되니까. 그게 요즘 가해 학생들 사이에 공공연하게 나도는 '꿀팁'이라고 했다.

괴롭힘은 당연히 싫었다. 하지만 나는 배드 엔딩이 될 게 뻔한 내 저항이 어머니를 얼마나 힘들게 할지 생각했다. 짐덩이가 되고 싶지 않았다. 적어도 아버지가 멀쩡해질 때까지는. 잘 지낸다고 말할 수는 없었지만 적어도 나는 그걸 아주 잘 감추고 있었다.

3

집에 오면 숨통이 좀 트인다. 집은 내 베이스캠프고 내 진짜 세계에 접속하는 곳이다. 하굣길에 사 온 컵라면에 뜨거운 물을 부어 바로 방으로 들어간다. 방에는 내 돈으로 마련한 데스크톱이 있다. 초등학생 때 돈을 모아서 산 거지만 아직 잘 돌아간다.

컴퓨터가 켜지는 동안 단톡방을 확인했다. 중요 길드원들이 모여 있는 그 방에는 사람이 30명 남짓밖에 없는데도 대화가 활발하다. 한때는 회사원이 많은 길드 단톡방이 어떻게 낮에 대화가 활발한가 싶었는데, 나중에 알고 보니 회사원들은 회사에서 제일 연락이 잘된다고 했다. 회사에서는 휴대전화를 쓴다고 뭐라고 하지 않는다는 모양이었다. 그 이야기를 듣기 전까지 나는 막연히 회사에서도 휴대전화를 수거하고 업무 연락만 가능한 단말기를 지급할 거라고 믿었다.

길마(길드 마스터) 누나가 정리해 준 오늘의 임무를 확인했다. 오늘 해야 하는 일은 정찰과 도감 작업, 보스 타임 확인이었다. 하루에 다섯 번 나타나는 보스 중에 두 마리는 낮에 등장한다. 도감에 모아야 하는 것들 중에는 낮에만 피는 꽃이나 사람이 많은 시간대에는 접근하기 어려운 험지에 있는 몬스터도 있다. 그런 일을 담당할 수 있는 사람은 낮에도 게임에 접속할 수 있는 나밖에 없었다. 그래서 다른 임무에는 담당자 이름이 적혀 있는 칸에 내가 할 일에는 "잘 부탁해, 민형"이라고 적혀 있었다. 매일 보는 거지만 볼 때마다 뿌듯했다. 먼 옛날 인터넷의 창시자들은 인터넷 세계에선 모든 종류의 차별이 사라질 거라고 믿었다. 그 믿음은 반세기도 되지 않아 순진한 것으로 밝혀졌지만, 적어도 나와 내 게임 속에서는 참이었다.

〈원더러즈 판타지〉라고 적힌 멋들어진 화면이 사라지고 내 캐릭터가 모습을 드러냈다. 머리 위에 '엘 프사이'라는 이름을 명찰처럼 단 박물학자. 항상 손에 들고 다니는 백과사전에서 몬스터를 소환해 싸우는 직업이다.

"저 이제 접속합니다. 이슈 있으면 공유해 드리겠습니다."

단체 카톡방에 쓰자, 응원과 감사의 말들이 색인처럼 주르륵 적혔다. 포션 없이도 MP가 쭉쭉 차올랐다. 나는 기지개를 한 번 쭈욱 펴고, 컵라면을 먹었다. 내 하루는 이제 시작이다.

엘 프사이를 조종해 길드의 성을 빠져나가자 그 앞으로 익숙한 지옥이 펼쳐져 있었다. 반쯤 불타고 무너진 마을, 유황 가스 때문에 공기가 희뿌연 색이었다. 우리 길드가 일부러 그런 마을에 자리를 잡은 건 아니었다. 〈원더러즈 판타지〉의 세계는 어딜 가나 그랬다. 이곳에서 우리는 악마와 천사가 큰 전쟁을 벌여 멸망한 세계에서 살아 가는 인간들이었다. 어딜 가나 사체와 무너진 건물이 있었고, 개발자가 좀 그로테스크한 취향이었는지 시체에서 나오는 희귀종 구더기를 수집하는 퀘스트도 있었다.

길마 누나의 말에 따르면 90년대에는 이런 게임들이 많이 나왔다고 한다. 그때는 2000년이 되면 세계가 망할 거라고 진지하게 믿는 사람도 꽤 있었고, 한국에서 온라인 게임이 본격적으로 유행한 시기가 IMF 때와 좀 겹쳐 있어서 너무 밝은 세계는 당시 게임하는 사람들의 입맛에 맞지 않았다나. 아무튼, 이곳은 그런 이유로 탄생한 지옥이라고 했다. 길마 누나는 내게 그런 설명을 해 주면서 이제 와서 이 게임을 하는 나 같은 애는 처음 본다며 신기하다고 웃었다.

"이제 이런 건 좀 유치해 보이지 않아?"

15분이 걸리는 무기 제련을 하기 위해 대장간 앞에 가만히 서서 우리는 대화를 나눴다. 나는 마이크를 쓰는 길마 누나와의 대화에 뒤처지지 않기 위해 키보드를 재빨리 두드렸다.

"제가 보기엔 아주 현실적인 것 같습니다만. 현실이 뭐, 아름답지는 않잖습니까."

"하여간 특이해. 요즘 애들 같지가 않아."

길마 누나는 또 웃었다. 이런 세계에서 웃는 거라서 더 진심 같이 느껴졌다. 학교에서 웃고 떠드는 모습은 내게는 다 거짓말 같아 보였다.

"그거 좋은 거 아닙니까? '요즘 애들'이라는 말은 욕할 때 쓰는 거잖습니까."

그때 옆에서 대화를 듣고 있던 저주법사 형이 끼어들었다.

"애늙은이의 저주로다."

그 형님의 직업은 원래 법사인데, 무슨 일만 있으면 다 뭔가의 저주라고 말해서 다들 저주법사라고 불렀다. 다들 말투가 웃기다고 은근히 무시하지만 나는 저주법사 형이 좋았다. 그 형이랑 있으면 뭐랄까, 뭐든지 다 별거 아닌 저주로 느껴졌다. 이 게임에서 저주는 클레릭(성직자)의 스킬 한 번이면 간단히 해제된다.

"저렇게 저주를 좋아하는데, 왜 흑마법사나 악마의 기사를 안 할까."

길마 누나가 한숨을 쉬었다.

"편견의 저주로다."

저주법사 형이 말했다. 나는 열심히 키보드 왼쪽 아래만 두드렸다.

"ㅋㅋㅋㅋㅋㅋ."

4

"반에 따돌림을 당하는 친구가 있나요?"

"누군가를 괴롭히는 친구가 있나요?"

또 그날이 왔다. 학교에서는 한 달에 한 번씩 이런 식의 질문들이 적힌 설문지를 나눠 주고, 솔직하게 쓰라고 말한다. 처음에는 맨 뒷자리에 앉은 애한테 걷어 오라고 시켰지만, 지금은 선생이 모두를 엎드리게 한 다음 직접 돌아다니면서 걷는다.

학교에 학부모가 찾아오는 날이 많아서 하는 설문인 거 같은데, 바보같이 이런 설문에 솔직하게 응답하는 사람은 없다. 직접 괴롭히는 애들이나 괴롭힘당하는 애들은 말할 것도 없고, 목격한 애들도 마찬가지다. 설문지는 이름을 쓰지 않도록 되어 있지만, 누군가의 이름이 나오면 둘 중 하나의 일이 일어난다. 괴롭히는 애가 교무실로 불려 가거나 괴롭힘당하는 애랑 괴롭히는 애가 같이 교무실로 불려 가거나. 어느 쪽이든 그 결과는 더 심한 괴롭힘으로 이어질 뿐이다.

내가 보기에 학교에서 이런 설문지를 돌리는 건, 자기네들은 최대한 노력했다는 생색 내기에 불과하다. 〈원더러즈 판타지〉에서 비싼 캐시 아이템을 출시한 다음에 편의성 개선 업데이트를 찔끔해 주는 것과 마찬가지다. 아마 선생들도 이런 설문지가 문제를 해결해 주지 않는다는 것 따위는 알고 있겠지. 만약 조금이라도 기대를 한다면 누군가 공익 제보를 해 주기를 바라는 것 정도? 하지만 그것도 조금만 생각해 보면 엉터리라는 걸 알 수 있다. 자기 이름을 쓰지 않고 제보하면 위와 같은 일이 똑같이 일어난다. 자기 이름을 썼다면 교무실에 가는 사람이 하나 더 늘어나는데, 그 결과는 괴롭힘당하는 사람이 바뀌거나 한 명 추가되는 것뿐이다. 괴롭힘당하는 애를 도와 줄 힘과 의지가 있다면 저런 설문지 따위에 의존하지 않고 직접 나선다.

원래 애들 사이의 일은 애들이 제일 잘 안다. 나는 대략 초등학교 4학년 때부터 괴롭힘을 당했으니 학교 폭력으로는 3년 차 경력직인데, 이런 구조는 바뀐 적이 없다. 설문지를 쓸 시간으로는 아무리 봐도 너무 넉넉한 30분이 주어진다. 나는 혹시 몰라 필통은 꺼내지도 않고 엎드려서 그 시간을 보낸다. 지루한 30분 동안에는 주로 게임 생각을 하지만 가끔은 이 모든 것의 시작이 무엇이었을까, 고민해 보기도 한다. 어쩌면 그건 코끼리와 공룡이었는지도 몰랐다.

남자아이라면 어릴 때 한 번쯤은 공룡에 빠지는 시기가 있다. 아직 할 줄 아는 말이 많지도 않으면서 벨로시랩터, 티라노사우루스 렉스, 파키케팔로사우루스 같은 어려운 이름들을 잘도 외우는 그런 시기. 자기 아이가 혹시 천재는 아닐까, 하는 행복한 공상이 부모의 입가에 미소로 깃드는 시기. 물론 그런 환상은 석차 등수라는 이름의 운석에 맞는 순간 멸종해 버리지만.

그래도 공룡은 충분히 유익한 동물이다. 한 번이라도 다른 사람을 기쁘게 하는 것이 얼마나 힘든 일인지 생각하면 더더욱 그렇다. 게다가 남자아이들 사이에서 공룡이란 일종의 권력이기까지도 하다.

유치원에 다니는 남자아이들은 잘생겼든 운동을 잘하든 목소리가 좋든 그런 건 아무짝에도 쓸모가 없다. 오직 공룡만이 중요하다. 가정의 날에 유치원에 갔다가 아이가 좋아한다고 했던 애의

외모와 됨됨이 따위를 보고 깜짝 놀란 경험은 어느 부모에게나 있다고 한다. 부모가 아이에게 왜 다른 더 괜찮은 애가 아니라 그 애를 좋아하느냐고 슬쩍 물으면 아이는 이렇게 대답한다.

"걔가 공룡 이름을 더 많이 알아!"

내게도 그런 시절이 있었다. 흔히 '시작이 반'이라고 하는데, 내 인생은 그 시절부터 벌써 절반이나 잘못된 것이었는지도 모른다. 다른 아이들이 한창 공룡에 빠져 있을 때, 내 관심은 오로지 다른 한 가지 대상에게 쏠려 있었다. 그 대상은 바로 코끼리였다.

코끼리. 동물계 척삭동물문 포유강 근제류 테티스수류 장비목 코끼리과에 속하는 생물들의 총칭. 하위 분류로는 코끼리아과와 스테고테트라벨로돈속. 기다란 코와 큰 귀, 양옆으로 튀어나온 상아가 특징이며, 현생 인류와 공존했던 가장 거대한 육상 동물. 이제는 존재하지 않는 동물로 대략 7년 전에 멸종했다고 알려져 있다. 코끼리 멸종의 원인으로 추정되는 것은 '인기'였다. 코끼리는 상징적인 동물이었지만 단 한 번도 가장 인기 있는 동물이었던 적은 없었다. 그래서 멸종위기종 보호정책에서 늘 푸대접을 받다가 멸종되어 버리는 헛헛한 마지막을 겪어야 했다.

초등학교에 들어가면서부터 공룡에 관해 다 까먹어 버린 다른 애들과는 달리 나는 여전히 코끼리에 관해 속속들이 기억하고 있다. 코끼리를 좋아한다는 이유만으로 겪어야 했던 치욕적인 역사들과 함께. 공룡을 좋아하는 아이들은 코끼리가 따분하다고 생각했고, 코끼리를 좋아한다는 이유로 나 역시 따분한 아이 취급을 받았다.

"코끼리랑 공룡이랑 싸우면 공룡이 이겨."

"강한 자가 살아남는 게 아니라, 살아남는 자가 강한 것입니다."

나는 그렇게 대꾸하곤 했는데, 그럼 아이들은 며칠 후 의기양양하게 돌아와 내게 말하곤 했다.

"코끼리도 멸종했대, 바보야."

혹은 이렇게 말했다.

"너 말 참 변태같이 한다."

그들 중 여태 나와 연락하는 애는 한 명도 없다. 나는 종종 내 인생의 한 시기와 함께 그들도 멸종해 버린 게 아닐까 생각한다. 멸종은 그렇게나 흔히 일어난다.

5

2년 만에 평일 어린이날이 왔다. 어머니가 휴일 근무수당을 받기 위해 출근한 덕분에 아침 일찍부터 게임에 접속할 수 있었다. 단톡방은 조용했다. 휴일에 일찍 일어나고 싶은 어른은 없다. 이건 길드원들이 말해 주지 않아도 주말 아침 서버가 모두 '쾌적' 상태라는 것만 봐도 알 수 있었다.

슬슬 햇살이 본색을 드러내고 무더위를 예고하는 요즘이었지만 〈원더러즈 판타지〉 세계는 여전히 어둑어둑했다. 나는 여유 시간이 좀 생긴 김에 성 근처의 초보자 구역을 돌면서 사냥을 했다. '던전이 있던 자리'라는 이름의 사냥터인데, 거기에는 원래 인간이었다가 죽어서 구울이 된 몬스터들이 나온다. 그것들을 잡으면 쌀을 준다.

나는 쌀을 20킬로그램 정도 모아서 다시 성 안으로 돌아왔다.
그러고 나서 검을 장착한 채로 한 후미진 골목으로 들어갔다. 거
기, 성벽 근처의 반쯤 무너져 내린 파란색 지붕의 한 집 앞에, 꼬
마 마크가 서 있었다. 마크는 나를 보자마자 고개를 꾸벅 숙였다.
머리 위에 이미 완료된 퀘스트라는 문구가 회색빛으로 반짝였다.

"안녕하세요, 용사님. 오늘도 어깨가 무거워 보이시네요. 마사지
라도 해 드릴까요?"

나는 채팅을 입력했다.

"감사합니다. 요즘은 잘 지내십니까?"

"제게 존댓말 해 주실 필요 없어요, 용사님."

"나는 존댓말이 편합니다."

내가 말했다.

"엄마가 내게 존댓말을 가르쳐 줬어요."

마크는 그렇게 말하면서도 현관 앞 계단에 앉은 내 등 뒤에 섰다.

"어깨 마사지 해 드릴게요. 불편하시면 칼 내려놓으실래요?"

마크가 말하자 화면 아래에 O와 X가 그려진 선택지가 표시되
었다. 퀘스트가 시작된다는 의미였다. 나는 O를 선택했다. 엘 프
사이는 무방비하게 검을 내려놓고 눈을 감았다.

마사지가 끝나면 인벤토리 창이 표시된다. 나는 마크에게 구울을 사냥해 모은 쌀을 모두 건넨다. 무거운 쌀 포대를 받으면서 마크는 활짝 웃는다. 일주일 만에 먹는 밥이라고 한다. 사뭇 감동적인 장면. 그때 강도들이 튀어나온다. 개발자들이 의도하지는 않았겠지만, 녀석들의 얼굴은 모두 효종을 닮았다. 어쩌면 그게 한국인의 평균적인 외모인지도 몰랐다. 어쨌든 강도들의 협박에 마크는 비굴하게도 내 검을 들고 집 안으로 도망쳐 들어간다. 내가 무력해졌다고 믿는 강도들이 덤벼든다. 이해한다. 그들은 강한 자들이 아니지만, 마크에게는 지옥의 사자처럼 보일 것이다. 나는 백과사전에서 코끼리를 불러내 약탈자들을 모두 밟아 버린다. 화면에 악명이 높아져 디버프를 받는다는 메시지가 표시된다. 언제나와 마찬가지로.

이 게임은 마크를 위해 설계되지 않았다.

오후에 내 악명이 높아진 걸 보고 야수 형이 말을 걸었다. 야간수비대라는 원거리 딜러 직업 캐릭터를 쓰는 그 형은 항상 멀리서 총만 쏘는 게 심심한지 레이드를 할 때마다 시답잖은 농담을 던져대는 취미가 있었다.

"또 마크 퀘스트 했냐. 너 그렇게 계속 악명 쌓아서 좋을 거 없다니까. 나중에 다이아 써서 깎아야 하잖냐."

"괜찮습니다. 좋은 일이란 원래 그런 거 아니겠습니까."

"에이, 꼭 그렇지도 않을걸. 들어 봐, 저 퀘스트 제법 보상이 쏠 쏠해서 게임하는 사람들 중에 저 퀘스트 안 한 사람은 없지 않겠 냐?"

"그럴 것 같긴 합니다."

"그치? 그럼 그렇게 받은 선물 다 모으면 가격 꽤 될 텐데. 마크 저 친구 사실은 엄청난 부자일지도 몰라. 저 집은 영업장이고 일 끝나면 슈퍼카 타고 집에 갈지 누가 알겠어."

야수 형이 낄낄거렸다. 두바이 거지들이 사실은 부자이며, 두바 이에서 구걸 이민을 막았다는 뉴스를 보고 하는 소리 같았다. 머 리에 열이 좀 올랐다. 야수 형은 퀘스트할 때 나오는 대사는 모두 스킵하는 게 효율적이라고 내게 조언한 적도 있었다. 마크의 이야 기도 모르면서 왜 말을 그렇게 하는 걸까. 사람들은 자기 눈에 보 이는 것을 믿는데, 실은 눈앞에 뭐가 있든 그리 자세히 보지는 않 는다.

"하지만 마크는 언제나 진심입니다."

야수 형은 다시 웃음을 터뜨렸다.

"그거 인공지능 기술이야. 네가 하는 말에 따라서 프로그램이

적절한 말을 짜맞춰서 대답하는 거라고. NPC 업데이트하기 전에
는 대화하는 기능 같은 건 없었다. 정해진 말 주고받는 거 구경하
는 거였지. 신기하냐?"

"그 애는 자주 이상한 대답을 합니다."

야수 형이 악의를 가지고 그러는 게 아니라는 것쯤은 알았다.
하지만 무지는 자주 악의와 다를 바 없다. 야수 형이 또 뭐라고 비
웃기 전에 나는 재빨리 손가락을 놀렸다.

"그거 배고파서 그러는 겁니다."

다행히 그 뒤로 길마 누나와 저주법사 형이 접속한 덕분에 이
대화를 더 이어 나가지 않아도 되었다. 야수 형은 아무렇지도 않
은 것 같았지만, 나는 그날 하루종일 귓말도 차단하고 야수 형을
피했다. 이건 싸운 게 아니었고 어떻게 풀 문제도 아닌 것 같았다.
날 상처 입히는 게 얼마나 쉬운지 알려 주느니 멋대로 생각하게
놔두는 편이 낫다.

현실에서도 이렇게 할 수 있으면 얼마나 좋을까. 현실은 너무
불편하다. 어머니 말마따나 정말로 신이 있다면 이 세상도 업데이
트 좀 해 줬으면 좋겠다. 유저끼리 알아서 하라고 놔두는 게임치
고 오래 간 게임이 없는데, 왜 그거 하나 모르나 싶다.

6

올해 들어 어머니와 나는 한 달에 한 번씩 상담을 받았다. 부모 동반 상담이라는 것으로 자식과 부모가 차례차례 한 사람의 상담사와 이야기를 나누는 형태의 상담이었다. 「나무위키」에 따르면 서양에서는 흔한 방식이라는데, 내게는 자녀가 말한 걸 부모에게 일러바치겠다는 걸로밖엔 안 보였다.

상담소는 모든 게 케이크처럼 부풀어 올라 있는 곳이었다. 아무것도 선명하게 보여 주지 않겠다는 듯 환한 조명은 쓰지 않고 누런 간접 조명만 있었다. 이곳에서는 뭔가를 읽으려면 인상을 찌푸려야만 했다. 그 사실을 아는 건지 상담사는 대기실에 흔한 잡지 하나 들여놓지 않았다. 상담실 안에는 의자가 두 개 있었다. 하나는 언제나 상담사가 앉아 있는 의자고, 다른 하나는 내담자가 앉는 의자다. 두 의자 사이에는 낮은 탁자가 있고, 방은 적당히 따뜻했다. 꼭 식물을 키우는 온실 같기도 했다. 자리에 앉기 전부터 상담사는 말을 걸어대기 시작했다.

"안녕. 지난 한 달 동안 뭐하고 지냈니?"

대답하고 싶지 않았다. 하지만 문밖에는 어머니가 있었다. 내가 삐딱하게 군다고 상담사가 어머니를 안으로 부르거나 하지는 않겠지만 내 태도가 하나하나 보고될 거라는 데는 의심의 여지가 없었다. 그렇지 않다면 굳이 어머니와 내가 같이 와야 할 이유도 없을 테니까.

나는 상담사의 말을 무시하는 대신 어깨를 으쓱해 보였다. 그것만으로도 표현이 되기는 할 터였다. 상담사는 내가 뭘 하든 수첩에 적어 넣었다. 아무것도 녹화되고 있지 않다는 인상을 주기 위해 그러고 있는 것 같았다. 하지만 녹화되고 있지 않다고 해서 기록되고 있지 않은 건 아닌데, 도대체 그게 무슨 위안을 주는 건지 나는 잘 모르겠다.

"오늘도 쉽게 말을 해 주진 않는구나."

상담사는 잠깐 생각하더니 말을 이었다.

"지금 이야기하고 싶은 주제가 있니? 아니면 다른 때 이야기하고 싶니?"

"저는 할 말이 없습니다."

"무슨 일이 있는데, 그에 대해 할 말이 없다는 뜻이니? 아니면 아무 일도 없다는 뜻이니?"

"아무 일도 없다는 뜻입니다. 아무것도 변하지 않았습니다."

"꼭 무언가 변해야 한다는 말처럼 들리는구나."

또 이런 식이다. 이 상담사는 말꼬리를 잡고 늘어지는 데는 특출난 재주가 있었다. 상담실 벽에는 영어로 된 박사 학위가 두 개나 걸려 있었다. 이런 걸 전문적으로 가르치는 곳이 있다니, 세상엔 끔찍한 생각을 하는 사람이 너무 많다.

"학교 생활은 요즘 어떠니?"

"별일 없습니다."

"중학교에 들어갔잖니. 초등학교 때랑은 뭔가 좀 달라졌을 것 같은데?"

상담사에게 효종에 관한 이야기를 했다가는 분명 어머니의 귀에 들어갈 것이다. 솔직하게 말할 수는 없었다. 이럴 때는 미로를 만드는 게 가장 좋은 방법이다. 말을 빙빙 돌려서 아무것도 찾아내지 못하도록. 〈원더러즈 판타지〉의 몇몇 고약한 던전처럼.

"달라진 게 있기는 합니다."

아니나 다를까, 상담사의 눈빛이 번쩍였다.

"그래? 뭐가 달라졌니?"

"교복을 입을 줄 알았는데, 입지 않아도 됐습니다."

"교복을 입고 싶었구나."

"딱히 그런 건 아닙니다. 그냥 그렇다는 겁니다."

게임에서 잘 만들었다고 평가받는 것과 그렇지 않은 것의 차이.

"선뜻 이해되지 않는 것에 대한 합리적인 이유가 마련되어 있는가?"

고약한 던전은 이에 "그냥"이라고 대답한다.

상담사는 내게 이런저런 질문을 더 던졌으나 뭔가를 더 알아 내지는 못했을 것이다. 대략 20번의 "그냥"을 발음하는 사이, 45분이 지났다. 상담은 끝났고, 오늘도 내가 이겼다.

7

하루는 수업 시간에 갑자기 교실 앞문이 열리더니 어머니가 들어왔다. 선생은 어머니에게는 참 깍듯했다. 무슨 일로 오셨냐고 물었고, 어머니가 나를 데리러 왔다고 말하자 선생은 서둘러 교실 밖으로 어머니를 끌고 나갔다. 두 사람이 목소리를 낮춰 말했기 때문에 교실 안에서는 무슨 이야기가 오가는지 들을 수 없었다. 곧 선생이 다시 들어와 내게 가방을 챙겨 밖으로 나가라고 했다. 나는 시키는 대로 했다. 아이들이 의문스러운 시선을 던지고 있을 게 뻔했다. 수군거리는 소리에도 나는 뒤돌아 보지 않았다.

어머니는 신발장에 기대서서 나를 기다리고 있었다. 햇살이 그다지 밝은 날도 아니었는데, 어머니는 선글라스를 쓰고 검은 양복을 입어서 마치 비밀 요원 같았다. 〈맨인블랙〉, 〈매트릭스〉, 《코끼리 비밀 요원》, 레츠 고. 어머니는 아무 말도 없이 내 손을 잡고 걸었다. 평소보다 걸음이 빨랐다.

"무슨 일입니까?"

내가 물었다. 어머니는 대답하지 않았다. 나는 몇 가지 이유를 추측해 보았다. 어쩌면 어머니는 나를 데리고 교무실로 올라갈 것이다. 드디어 나를 자퇴시키고 홈스쿨링으로 전환하기로 마음먹은 걸까. 종종 시청하던 수능 문제 풀이 유튜브가 빛을 보는 날이 온 건지도 모른다. 아니면 얼마 전 지원 신청서를 낸 NASA 국제 인재 프로그램에 내가 한국인 최초로 선발됐는지도 모른다. 그것도 아니면 설마 내 출생의 비밀이⋯⋯? 그런데 어머니는 왜 조용히 걸을까.

"무슨 일입니까?"

내가 다시 물었다. 어머니는 나를 데리고 계단을 내려갔다. 어머니는 여전히 입을 열지 않았다. 복도는 조용했다. 선생들이 이런저런 개념들이나 죽은 사람의 이름을 외치는 소리만이 벽을 사이에 두고 희미하게 들렸다. 한편 어머니의 발소리는 마치 코끼리처럼 "쿵쿵" 울려 퍼져서 우리가 계단을 내려가고 있다는 사실을 온 학교가 알아차릴 수도 있을 것 같았다.

"병원에 갈 거야."

어머니는 나를 차에 태우고 말했다. 차는 직진만 했다. 학교에 서 병원까지 도로는 일직선으로 이어져 있었다.

병원에 도착하니 출입카드가 작동하지 않았다. 우리는 간호사 와 의사를 한 번씩 만난 다음에야 아버지에게 갈 수 있었다. 안전 점검을 꾸준히 한다고 해서 기계가 고장 나지 않는 건 아니라는 듯 아버지의 몸에 연결된 기계가 비명을 질러대고 있었다. 이제부 터 아버지를 보러 올 수 없다는 말을 들었다.

어머니는 아버지를 껴안고 울었다. 어머니가 병원에서 우는 걸 본 건 이번이 처음이었다. 어머니는 내게 아버지의 손을 잡으라고 도 하지 않았다. 대신 처음으로 같이 기도하자고 말했다. 기도할 때는 다른 사람의 손이 아니라 자기 두 손을 맞잡아야 했다. 어머 니는 하나님을 부르며 이런저런 이야기를 했다. 하지만 내가 보기 에 스스로 두 손을 맞잡는 건 이제부터 이건 세상과 자신의 문제 가 아니라, 오로지 자기 자신의 문제라는 걸 받아들이는 행동처럼 보였다.

이래서 세상에 업데이트가 없는 건지도 몰랐다. 신과 인간이 아 니라 인간 자신만의 문제라서.

8

아버지는 수리 불가능 판정을 받았다. 그날은 내 생일이었고, 입실카드가 작동하지 않게 된 지 딱 일주일만이었다. 내 생일을 위해 준비되었던 케이크는 냉장고 안에서 3일 동안 기다려야 했다.

나는 어머니와 함께 장례식장 한쪽 구석에 마련된 작은 방에서 살았다. 손님이 올 때를 대비해 우리는 언제나 자리를 지키고 있어야 했다. 그러다가 손님이 오면 인사를 하고, 적당한 말을 주고받고, 서로 기도하는 자세로 머리를 숙였다. 대화가 매번 비슷하다는 점에서 이건 마크의 퀘스트만도 못했다.

장례식이 진행되는 동안 우리가 먹을 수 있는 건 삼시 세끼 육개장과 편육뿐이었다. 편육은 족발보다도 더 아버지의 피부와 비숫했다. 어쩌면 어머니가 여전히 족발을 좋아할 수 있는 이유는 편육을 알았기 때문인지도 몰랐다. 어머니는 물과 커피, 맨밥만 먹었다.

어머니는 장례식에서 내가 해야 할 역할은 없다는 듯 아무 설명도 해 주지 않았다. 하지만 어머니는 내가 「나무위키」 편집자라는 사실을 몰랐다. 거기 올라오는 글을 직접 쓰거나 시시비비를 가리는 일을 하다 보면, 세상 온갖 것에 관해 어느 정도의 지식은 가지게 되기 마련이다. 이래 봬도 「나무위키」는 "여러분이 가꾸어 나가는 지식의 나무"이고 대한민국 웹사이트 트래픽에서 당당히 10위 안에 랭크되는 곳이다.

다른 건 별로 고민되지 않았다. 예전이면 모를까, 요즘 학교 분위기에 선생이 내 소식을 퍼뜨리지는 않을 것 같았다. 효종과 그의 무리가 장례식장에 온다면 그건 아주 끔찍한 일이 될 게 뻔했다. 산 사람도 괴롭히는 놈들이 죽은 사람에겐 뭔들 못할까. 생각하니 소름이 돋았다.

문제는 길드 사람들이었다. 3일 동안이나 게임에 접속할 수 없으니 길드에는 당연히 이야기해야 했다. 문제는 부고를 올리느냐, 마느냐였다. 「나무위키」에 따르면 부고는 연이 있으면 일단 다 보내는 것이고, 올지 말지 선택하는 건 받은 쪽이라고 쓰고 있다. 그러나 길드의 누구에게까지? 길드 단톡방에 있는 사람이라고 모두 나와 잘 알고 지내는 건 아니다. 실제로 얼굴을 본 사람은 아무도 없다. 길마 누나나 저주법사 형 정도는 믿을 만하지만…… 나머지는 그 캐릭터 뒤에 뭐가 있을지 누가 알아?

개인적으로 연락을 취할 수 있으면 이런 고민도 안 했다. 우리 길드 단톡방은 오픈 채팅방이었다. 그곳에서는 상대방의 프로필을 통해 개인 톡을 걸 수 없다. 길마 누나에게만 살짝 말할 방법을 찾아야 했다. 그때 어머니가 자리에서 비틀비틀 일어섰다.

"화장실 다녀올게. 자리 잘 지키고 있어."

좋은 방법인 것 같았다.

어머니가 돌아온 직후, 나는 속이 안 좋다고 말하고 뛰쳐나갔다. 너무 늦으면 의심받을 수 있으니 서둘러야 했다. 근처의 PC방은 이미 찾아 두었다. 나는 원래 PC방에 가지 않지만 여기는 우리 동네도 아니고 지금은 비상 상황이니까. 빌려 입은 양복이 펄럭펄럭 걸리적거려서 달리기가 힘들었지만, 횡단보도의 가호를 받아 5분만에 도착했다. 〈레전드 PC 카페〉. PC방이면 PC방이지 PC 카페는 뭔가 싶었지만 그래도 컴퓨터 사양이 적힌 입간판이 서 있는 걸 보니 PC방이 맞긴 한 것 같았다. 고민하는 사이에도 시간은 흐르고 있었다. 일단은 들어가 봐야 했다.

유리문을 여니 아래로 내려가는 계단이 있었다. 계단을 한 걸음 한 걸음 내려갈수록 쿰쿰한 냄새가 풍겼다. 장례식장 냄새 같기도 했고, 잠깐 나갔다 온 어른들이 풍기는 냄새와도 비슷했다. 그 냄새는 계단 아래의 문을 열자 본격적으로 확 끼쳐 왔다. 클릭 소리와 키보드 소리가 날카롭게 울려 퍼지고 있었다. 아직 이른 아침인데도 사람들이 꽤 많았다. 갑자기 누군가 큰 소리로 욕을 해대기 시작했다. 나는 깜짝 놀라 몸을 움츠렸는데, 나 말고는 아무도 거기에 신경을 쓰지 않는 것 같았다. 문득 나는 PC방을 가지 않는게 아니라는 걸 깨달았다. 가본 적이 없는 거였다. 애들이 항상 PC방에 관해 이야기하는 걸 듣다 보니까, 나도 PC방에 관해 잘 알고 있다고 착각해 왔던 거였다.

괜찮아. PC방은 사람 쓰라고 만든 곳이다. 나는 사람이다. 고로 나도 PC방을 쓸 수 있다. 3단 논법으로 간단히 증명 가능. 크게 심호흡을 했다. 이러는 동안에도 시간은 가고 있다. 벌써 7분이나 지났다. 입구 근처에 키오스크가 있는 걸 보니 그걸로 주문을 하는 거겠지. 나는 키오스크 앞에 놓인 조그만 마우스를 쥐고 흔들었다. 화면에 가격표가 표시됐다. 회원은 1시간 10분에 2,000원, 비회원은 50분에 2,000원. 누가 봐도 회원 가입을 하는 편이 합리적이었다. 하지만 키오스크 화면을 아무리 살펴도 회원 가입 버튼이 없었다. 뭐지? 미리 회원 가입을 해 왔어야 하는 건가? 나는 곁눈 질로 카운터를 보았다. 턱에 모닝스타 메이스처럼 수염이 난 아저 씨가 하품을 하고 있었다. 말을 걸고 싶은 인상은 아니었다.

2,000원에 50분을 선택해 결제하니까 영수증과 함께 작은 종이 하나가 나왔다. 거기에는 아무 말 없이 '068'이라고만 적혀 있었 다. 주위를 훑어보니 자리마다 번호가 붙어 있었다. 결제를 하면 컴퓨터가 지정되는 시스템인가? 나는 구불구불하게 이어진 번호 를 따라 68번 컴퓨터에 도착했다. 그런데 그 자리에는 사람이 앉 아 있었다. 헤드폰을 쓰고 FPS 게임을 하는데, 고개를 거북이처럼 쭉 빼고 있는 모습이 상당히 몰입하고 있는 것 같았다. 왜 아직 빈 자리도 많은데 사람이 있는 자리를 준 거지? 아침에는 컴퓨터를 다 켜 놓지 않는 건가? 그때 게임 화면 위로 붉은색 글자가 표시 되었다.

"이용시간 10분 남았습니다."

나는 휴대폰을 꺼내 시간을 확인했다. 자리를 비운 지 벌써 9분 이었다. 마음이 급했다. 아무리 속이 안 좋다고 해도 이삼십 분이 나 화장실에 있었다는 말을 쉽게 믿어 줄 것 같진 않았다. 만약 이 사람에게 내가 급한 일이 있으니 비켜 달라고 하면 어떻게 될까?

어깨를 툭툭 두드리기. 죄송한데요, 라고 시작하는 말을 하기. 고개를 꾸벅 숙이기.

"에이씨. 뒤에 서서 뭐해!"

남자가 여전히 고개를 처박은 채로 소리를 꽥 질렀다. 역시 부탁은 안 하는 게 좋을 것 같았다.

다행히 종이에 적힌 숫자는 PC 번호가 아니라 임시 이용권 번호였다. 나는 다른 자리에 앉아 컴퓨터를 사용할 수 있었다. 〈원더러즈 판타지〉는 5분 만에 설치가 완료됐다. 내 컴퓨터로는 업데이트를 할 때마다 30분씩 걸리는데……. 조금 부럽기도 했지만 여유가 없었다. 곧 자리를 비운 지 20분이다. 어머니도 슬슬 이상하게 생각하고 있을 성싶었다. 게임에 접속해 길마 누나에게 쪽지로 내 전화번호를 남기고 서둘러 어머니가 있는 작은 방으로 돌아왔다. 헉헉거리며 숨을 내쉬는 나를 보고 어머니가 건조한 목소리로 말했다.

"어디 멀리 가지 마라."

길마 누나에게서 연락이 와서 부고장 사진을 찍어 보내 주었다. 누나는 길드 사람들을 다 부르면 첫 번째 정모가 장례식이 되어 버릴 거라서 안 되겠다고 말했다. 대신 자기가 가까이 사니까 저

녁에 혼자서라도 잠깐 들리겠다고 했다. 어머니와 둘이 있는 방이
조금 넓어진 것 같은 기분이 들었다.

저녁이 되었다. 길마 누나의 캐릭터랑 똑같이 생긴 여자가 남
자 둘과 함께 왔다. 나와 어머니는 그들과 마주보고, 손을 모으고,
고개를 꾸벅 숙였다. 다른 조문객들과 마찬가지로 우리는 한 걸음
다가섰다. 먼저 입을 연 것은 길마 누나였다.

"안녕하세요, 민형이 친구들입니다."

어머니는 고맙다면서도 이렇게 말했다.

"나이가 좀 있어 보이는데, 어디서 만난 친구들인가요?"

길마 누나가 뭐라 대답해야 할지 고민하느라 우물쭈물하는 사
이, 왼쪽에 선 남자가 나섰다. 나도 말릴 새가 없었다.

"게임에서 만난 사이입니다."

"게임이요?"

아차, 어머니의 표정이 일그러졌다. 남자도 뒤늦게 깨달았는지
뜨악하는 표정을 지었으나 어차피 이렇게 된 거 설명하기로 마음
을 먹은 듯 〈원더러즈 판타지〉에 관해 주절주절 늘어놓았다. 말
이 좀 길었는데, 요약하자면 〈닌텐도 두뇌 트레이닝〉처럼 학습에
도움이 되는 게임이라는 식이었다. 어머니의 표정이 좀 누그러들
었다.

45

"그래요. 아무튼 편히 있다가 가요."

어머니가 나를 남기고 방으로 돌아갔다. 나는 그들과 함께 하얀 종이로 덮힌 테이블에 앉았다. 여자는 역시 길마 누나가 맞았고, 조용히 있는 남자는 저주법사 형, 어머니에게 게임 얘기를 꺼낸 남자는 야수 형이었다. (그럼 그렇지) 놀랍게도 그들은 원래부터 친구 사이로 함께 게임을 시작했다고 한다. 그 덕분에 '게임에서는 매일 만나는 사이였지만 현실에서 보니까 어색했다'는 식의 일은 벌어지지 않았다. 우리는 곧 다가오는 업데이트와 길드 운영에 관한 이야기를 나누었다. 아무도 아버지에 관한 이야기를 꺼내지 않아 마음이 편했다. 만약 물어봤더래도 나는 따로 할 말이 없었을 것이다. 그나마 나온 현 상황에 대한 이야기라고 하면 이 정도.

"장례식장은 좀 있을 만해?"

길마 누나였다.

"그냥 좀…… 좁네요."

나였다.

"필멸의 저주로다."

저주법사 형이었다.

"그나저나 민형이가 초등학생이었던가?"

또 시작되었다. 체구가 작은 사람을 향한 순박하고 잔인한 질문. 나는 중학생이었는데도 여전히 초등학교 4학년 때와 거의 체격이 똑같았다. 키가 왜 안 자라는지는 의사도 모른다고 했다. 이건 병이 아니었다. 그래서 고칠 수도 없었다.

"중학생입니다. 키가 자라지 않았을 뿐입니다."

"아."

길마 누나는 미안한지 횡설수설하며 혹시 자기가 잘못 알고 있는 게 아닌가 싶어 확인해 본 거라고 설명했다.

"세 치 혀의 저주로다."

저주법사 형이 낄낄거렸고, 그러는 동안 야수 형은 아무 말도 하지 않았다. 조용히 있던 그는 떠나기 전, 내게 사과했다.

"그냥 가끔은 시간이 필요할 때도 있는 거거든."

야수 형은 얼마 전에 회사에서 일이 잘 안 풀려서 짐을 쌌다고 했다. 그건 왕따 당하는 일과 비슷한 거라고, 길마 누나가 옆에서 설명해 주었다. 나도 안다고 말했더니 야수 형이 피식 웃었다가 표정 관리를 했다. 그를 용서하려면 시간이 좀 더 필요할 것 같았다.

방으로 돌아오니 어머니가 고개를 들어 나를 보았다.

"좋은 게임을 하는 모양이구나."

웃고 있지는 않았다.

9

아버지는 매장되었다. 장례식 마지막 날, 나와 어머니는 리무진을 타고 시골의 야트막한 산으로 향했다. 함께 밤을 새운 낯선 얼굴들이 따로 버스를 타고 따라왔다. 그들은 아버지의 친구 혹은 친척들이라고 했다. 리무진에서 내린 다음,.우리는 장난감 병정들처럼 짧은 행진을 했다. 나는 하얀 장갑을 끼고 아버지의 사진과 한자가 쓰인 작은 나무상자를 두 손으로 받쳐 들어 걸었고, 아버지가 담긴 관을 든 남자들이 내 뒤를 따랐다. 올라가 보니 사람 열명은 쌓을 수 있을 만한 구덩이가 이미 파여 있었다. 사진을 내려놓은 다음부터는 내가 할 일이 없었다. 어른들이 천을 붙잡고 관을 구덩이 아래로 내려보냈고, 삽으로 흙을 떠서 덮었다. 늙은 남자들이 그 뒤를 맡았는데, 그들은 흙을 덮고 네모나게 잘린 잔디들을 깔고 다시 그 위에 흙을 덮었다. 그 작업은 두 시간 넘게 아무 말 없이 진행되었다. 나는 언덕 위에서 그 모습을 지켜보면서 그게 꼭 케이크를 닮았다는 생각을 했다. 실제로 집으로 돌아오는 버스를 타러 가기 전 마지막으로 보았을 때, 아버지의 봉긋한 무덤은 11층짜리 케이크처럼 중간중간 누런 잔디들의 층이 삐져나온 흙더미가 되어 있었다. 늙은 남자들은 2주 정도 지나면 잔디가 자라서 무덤이 완전한 모습을 갖출 거라고 말했다.

마침내 집에 돌아와 케이크 박스를 열었을 때, 케이크는 시큼한 냄새를 풍기며 무너져 내렸다. 3일을 방치했으니 그럴 법도 했다. 푸른곰팡이가 케이크를 뒤덮고 있었다. 유기농 친환경 케이크라는 문구가 케이크 상자에 쓰여 있었는데, 그 옆에 그려진 보라색 코끼리가 영정사진 속의 아버지처럼 멀끔한 얼굴로 포즈를 취하고 있었다.

어머니는 원래 행동이 느린 사람이 아니다. 하지만 내가 곰팡이에 놀라 떨어뜨린 케이크를 보며 어머니는 멍하니 서 있었다. 케이크는 널브러진 채 고약한 냄새를 풍겼다. 케이크는 내가 아니라 냉장고 안에 몰래 기생하는 것들의 몫이었다. 아버지의 무덤도 이 케이크처럼 잔디들의 몫이 될까? 그들에게도 생일과 기일이 있을까? 나는 인간에게는 들리지 않는 초저주파음으로 귓속말을 했다는 코끼리들처럼 몰래 생각했다.

어쨌든 케이크는 치워야 했다. 우리 집에는 규칙이 있는데, 그건 어머니는 생산하고 나는 처리한다는 것이었다. 물론 그건 이런 상황에서 적용되는 규칙이 아니라 어머니와 내가 밥을 따로 먹을 때 하는 분업이었지만, 삶과 죽음이 뒤섞이는 것처럼 규칙 역시 얼마든지 뒤섞일 수 있는 거라고 생각했다. 나는 물티슈와 걸레를 가져와 케이크를 치웠다. 그러고 나서 그때까지도 꼼짝 않고 서 있던 어머니의 손을 잡았다. 어머니는 그제야 긴 잠에서 깨어나듯 몸을 살짝 떨었다. 어머니의 손은 따뜻하고 부드러웠다. 껍질이 아니라 살. 아버지의 손과는 달리 멀쩡히 작동하는 사람의 손. 어머니는 내게 고맙다거나 대견하다거나 등의 말은 해 주지 않았다. 나는 입맛이 없어서 어차피 케이크를 먹고 싶지 않았다고 했다. 어머니의 반응은 고장 난 컴퓨터처럼 한참 딜레이가 걸렸다. 어머니는 천천히 쪼그려 앉아 나를 안아 주었다. 나는 케이크 대신 아이스크림을 먹고 싶다고 했고, 어머니는 둘이서 먹기에는 너무 거대한, 여섯 가지 맛이 있는 아이스크림 파인트를 배달시켰다. 우리는 그걸 반도 먹지 못하고 남겼다. 냉장고 안의 곰팡이들은 이제 생일이 지났는지, 아이스크림은 탐내지 않았다. 아이스크림은 흘러내리지 않고 단단히 굳었다. 나는 시간이 날 때마다 그것을 꺼내 먹었다. 꼭 숟가락으로 땅을 파는 기분이 들었다.

10

케이크가 무너져 내린 그날 밤, 어머니 방문에 귀를 대 보니, 훌쩍이는 소리가 들렸다. 그 소리는 케이크가 바닥에 떨어지는 소리처럼 뭉퉁했다. 나도 베개에 얼굴을 묻고 울어 보았다. 방문 너머로 들리는 것과 비슷한 소리가 났다. 나는 바로 누웠다. 밝았다. 전등 빛 때문에 눈이 시렸다. 박수를 두 번 치자, 형광등이 꺼지고 초록색 코끼리들과 항성들이 모습을 드러냈다. 나는 그것들을 보며 어머니에 관해 생각하지 않으려고 애썼다. 하지만 '코끼리를 생각하지 말라고 하면 코끼리를 생각할 수밖에 없다'는 유명한 심리학 실험처럼, 어머니에 관해 생각하지 않으려고 하면 할수록 어머니를 생각하게 되었다.

아버지를 묻을 때도, 그리고 아버지가 죽은 다음에도 내 눈에서는 눈물이 흐르지 않았다. 어머니는 벌건 얼굴로 내가 아버지와의 추억을 거의 기억하지 못한다고 말했다. 아버지는 아주 오랫동안 고장 나 있었다고도. 일종의 변명이었다. 어머니가 그 말을 하고 난 다음에야 어른들은 나를 힐끔거리던 시선을 거두었다. 그러나 사실 어른들의 눈총이 마냥 틀린 것만은 아니었다. 아버지가 죽은 뒤 내가 느낀 슬픔은 모두 어머니에게서 빌려온 것이었다.

"쿵."

무언가 발을 구르는 듯한 소리가 들려왔다. 나는 야광 스티커를 바라보며 천천히 숨을 쉬었다. 먼 우주에 사는 코끼리들이 내게 말을 걸어왔다. 그들의 목소리는 아주 낮아서 내게만 들렸다.

"시간이 해결해 줄 거야."

"시간은 모든 걸 해결해 주지."

"근육을 부드러이 문지른다는 느낌으로 힘을 빼고 숨 쉬어."

나는 천천히 그들의 말을 따랐다.

코끼리들이 있는 별이 우주 어딘가에 남아 있을 수 있을까? 너무 멀어서 코끼리들이 아직 살아 있는데도 우린 코끼리가 멸종해 버렸다고 착각하고 있는 거다. 언젠가 어머니는 아버지가 이 스티커들을 내 방에 붙였다고 말해 주었다. 그때 나는 아주 기뻐했다고 하는데, 내게는 그 기억이 전혀 없다. 하지만 그럼에도 스티커들은 내 방 천장에 붙어 초록빛을 내고 있다.

아버지의 모습을 한 형광 스티커가 세상에 없는 건 슬픈 일이었다. 천장에 아버지의 별이 있었더라면 어머니는 베개에 얼굴을 파묻는 대신 똑바로 누워 잤을 것이다. 엎드려서 울다가 자면 호흡 곤란으로 이어질 수 있다. 수면 중 호흡 곤란은 최악의 경우, 죽음으로 이어진다. 적어도 「나무위키」에 따르면 그렇다. 어머니는 호흡기 질환이 있으니 특히 더 위험할 것이다.

결론 :

어머니는 밤에 좀 앉아 있을 필요가 있다.

내가 아는 한 사람을 가장 오래 앉혀 놓을 수 있는 건 게임이다. 어머니도 〈원더러즈 판타지〉를 함께 하게 되면 어떨까. 그 생각을 하자 여러 가능성들이 머릿속을 채웠다. 나는 〈빛의 아버지〉를 알고 있다. 일본에서 있었던 감동 실화. 아버지와 관계를 회복하기 위해 정체를 숨기고 같이 〈파이널 판타지〉 게임을 했다는 이야기. 그 이야기에 감동한 사람이 워낙 많아서 게임 스크린숏으로 개인 블로그에 연재된 그 이야기는 훗날 드라마로까지 제작되어 공전의 히트를 쳤다. 우리에게도 같은 빛이 찾아올 수 있을지도 몰랐다. 비록 그 빛이 멸망한 세계에 붙은 야광 스티커처럼 희미한 것이라고 할지라도 말이다.

한 번 생각을 떠올리고 나니 살이 붙는 건 순식간이었다. 〈원더러즈 판타지〉에 새로운 캐릭터를 만들고 그걸 아버지가 만들었을 법하게 꾸민다. 길드원들에게 부탁하면 아버지의 친구들인 척 해 줄 것이다. 적어도 장례식에 온 세 사람이라도 도와주겠지. 그렇지 않아도 나는 어머니가 아버지의 친구들과 이야기를 한 번도 나누지 않았다는 점이 마음에 걸렸다. 내가 알기론 상주는 아는 사람들을 맞이하느라 바빠야지, 방에 많이 틀어박혀 있을 시간은 없다고 했는데 말이다. 또한 〈원더러즈 판타지〉에는 집 꾸미기 시스템이 있다. 아버지가 남긴 흔적들로 집을 꾸며 놓으면, 그 안에서 어머니는 외롭지 않을 것이다. 분명한 건 그 세계가 장례식장의 작은 방보다는 넓다는 것이다. 그리고 어머니를 앉아 있게 할 수 있다는 것이다.

11

주말이 끝났다. 어머니는 언제 울었냐는 듯 매끈한 표정을 짓고 있었지만, 결코 전과 같지는 않았다. 요리를 전혀 하지 않았고, 음식을 모두 사다 먹기 시작했다. 전에는 일절 보지 않던 텔레비전 드라마를 보기 시작했다. 마치 다른 세계로 빨려 들어가고 싶기라도 한 듯.

어머니에게 아버지에 관해 묻는 건 그다지 똑똑하지 못한 행동일 것 같았다. 왜냐하면 어머니도 내게 아버지 이야기는 전혀 꺼내지 않았기 때문이다. 아버지에 관한 건 내가 직접 알아내는 수밖에 없었다.

장례식 이후로 장례식에 왔던 세 사람과 내가 포함된 단톡방이 하나 생겼다. 길마 누나의 주도로 만들어진 톡방이었다. 그 방의 멤버들에게는 내 계획을 이야기했다. 좋은 생각인 것 같다고 멤버들은 이야기했다. 어머니도 게임에 긍정적인 사람 같아 보였으니 제법 감동적인 계획이 될 수도 있으리라는 것이었다. 그들도 〈빛의 아버지〉에 관해 알고 있었고, 그렇기에 더 열의에 넘쳤다. 응원해 주는 사람들이 있는 건 기분 좋은 일이었다.

학교에는 일주일 동안 나가지 않아도 되었다. 교육청 규정에 따르면 부친상 혹은 모친상의 경우에는 일주일, 조부상이나 조모상 혹은 직계 친척의 경우에는 3일 동안의 유고 결석이 허용된다고 쓰여 있었다. 나는 이 사실을 처음 알았는데, 그래서 다행이라고 생각했다. 부모를 미워하는 애들이 이 규정을 알고 있었더라면 무슨 끔찍한 일이 벌어질지 알 수 없었다.

일주일은 쏜살같이 지나갔다. 나는 학교에 가짜 편지를 썼다. 어머니의 글씨체를 흉내 내 썼는데, 나의 정신적 충격 등을 고려해 한동안 홈스쿨링을 하겠다는 내용이었다. 선생이 이 편지를 개인적인 것으로 여기도록 편지 속 어머니는 횡설수설하고 선생에 대한 감정을 토로하고 있기까지 했다. 편지를 전하기 위해 하루 정도는 학교에 가야 했다. 선생은 내 편지를 앞뒤로 돌려 보기는 했지만 뭔가를 더 묻지는 않았다. 애당초 선생은 내게 별 관심이 없었다. 나는 좀 제갈공명이 된 기분이었다. 그는 가짜 편지를 이용해 위, 촉, 오 중 가장 세력이 약했던 촉을 강한 나라로 성장시켰다. 마찬가지 방법으로 나는 시간을 벌었다.

그렇게 합법적으로 얻은 일주일 동안 나는 집을 뒤져 아버지에 관해 어떻게 알아가야 할지 계획을 세워 볼 수 있었다. 아쉽게도 아버지가 남긴 일기장이나 노트 따위는 없었다. 계약서나 성적 증명서 같은 거 말고는 종이로 된 것이 없었다. 찾아보니 아버지가 학생이던 시절, 이미 한국에는 스마트폰이 출시되어 대중화되었고, 소셜 네트워크 서비스가 유행했다고 했다. 길마 누나의 말에 따르면 학교에서 일기를 쓰는 과제가 사라진 것도 그 무렵 즈음이었다나. 아버지에 관한 어떤 기록이 남아 있다면 그건 모두 전자 기기나 온라인 데이터 서버에 있을 것이었다. 나는 아버지의 이메일이나 아이디 같은 건 전혀 몰랐으므로 아버지가 남긴 전자 장치를 찾아보았다. 내가 발견한 것들의 목록은 다음과 같았다.

1. 붉고 뚱뚱한 노트북 : 노트북은 어떻게 가지고 다녔는지 궁금할 정도로 무거웠다. 전원은 켜지지 않았고, 충전기도 찾아낼 수 없었다. 화면은 유리 안에 디스플레이를 넣고 포장을 한 것처럼 두 층으로 나뉘어 있었다. 접힌 화면과 키보드 사이에 신기하게도 먼지가

쌓여 있었다.

2. 회색 바퀴 같은 것이 달렸고, 작은 화면이 있는 기계 : 재민이에게
   물어 보니 이 기계는 MP3 플레이어라고 했는데, 나는 MP3가 무슨
   뜻인지 몰랐다. 찾아보니 MP3는 음원 압축 포맷이라고 했다. 바퀴
   를 돌리는 힘을 데이터를 압축하는 힘으로 전환하는 기계의 내부
   를 상상하니 꽤나 흥미로웠다. 하지만 더 찾아보니, 예전에는 온라
   인에 접속해 음악을 듣는 게 아니라 음원 자체를 소유해야만 했던
   시절이 있어서 음원 종류에 따라 기기에 이름이 붙은 것뿐이라고
   했다. 그러니까 저장 매체가 달린 스피커에 불과했다.

3. 구식 스마트 워치 : 뒷면이 조금 볼록했는데, 요즘에도 사용하는
   자석 충전기를 가져다 대 보니 찰싹 달라붙었다. 그러나 충전이 되
   지는 않았다.

등등등.

전원이 켜지는 것은 없었다. 현실적으로 MP3 플레이어를 통해
알아낼 수 있는 건 아버지가 즐겨 들었던 음악이 무엇이었는지

정도에 불과할 것이고, 스마트 워치는 예전에도 요즘과 마찬가지로 단지 정보를 중개하는 역할을 할 뿐 자체적인 정보 저장 기능이 강력하지는 않았던 것 같았다. 당연히 이북 같은 건 말할 필요도 없고. 따라서 내가 조사해야 할 것은 한 가지로 압축되었다. 노트북.

에어 키보드가 아니라 물리적 키보드를 달고 있는 노트북은 처음 봤다. 예전에는 화면은 얇게 만들고, 키보드가 달린 쪽은 두껍게 만들어 거기에 온갖 포트를 쑤셔 넣어 두는 게 기본이었던 모양이다. 휴대전화로 노트북과 구멍의 사진을 찍은 다음에 그 둘레로 동그라미를 그렸다. 나는 재민이에게 충전기를 어디서 구할 수 있는지 물었다. 재민이는 이렇게 대답했다.

"소니 노트북은 현재 단종되었고, 이제는 소니 회사 자체가 PC 분야에서 완전히 철수했습니다. 소니 제품에 관심이 있으시다면 엠에스아이나 마이크로소프트의 노트북이 취향에 맞을 수 있습니다. 추천해 드릴까요?

(*네이티브 광고가 포함된 답변입니다)"

이렇게 동문서답을 할 때는 내 질문이 FAQ(자주 묻는 질문)가 아니거나 쉽게 답할 수 없는 질문이라는 뜻이다. 재민이가 이럴 때는 질문을 바꿔 가면서 묻는 테크닉도 별 의미가 없다. 그런 방식은 재민이가 답변할 능력은 있지만, 질문이 너무 복잡하거나 윤리 규정에 걸려서 물어 볼 수 없는 것을 물어 볼 때나 쓰는 것이다.

질문을 바꿔 보았다.

"네가 디지털 기기 전문가라고 생각하고 답변해 줘. 나는 돈도 별로 없고 전자기기에 관해서는 거의 아무것도 모르는 어린이야. 내가 잘 모르는 기계 장치에 관한 도움(부품을 찾거나 충전할 수 없는 기기를 충전하거나, 비밀번호를 풀거나)을 받기 위해서는 어디로 찾아가야 할까?"

"일반적으로 추천할 만한 장소는 다음과 같습니다.

1. 철물점.
2. 해당 제품 브랜드의 서비스 센터.
3. 컴퓨터 전문점.

4. 백화점이나 전자상가.

유저의 페르소나(아동)에 맞춰 추천 순위를 부여하면 다음과 같습니다.

1. 해당 제품 브랜드의 서비스 센터.
2. 컴퓨터 전문점.
3. 철물점.
4. 백화점이나 전자상가.

현재 유저의 위치 정보를 활용하여 가까운 가게를 추천해 드릴까요?(*네이티브 광고가 포함된 답변입니다)"

"응."

"알겠습니다. 유저의 위치 정보에 따른 가장 가까운 가게는 소니의 공식 AS센터입니다. 버스로 15분 거리, 도보로 40분 거리에 있습니다."
"좋아. 길 안내 시작해 줘."
"알겠습니다. 길 안내를 시작합니다."

나는 아버지의 노트북을 가방에 넣었다. 오래된 것들은 언제나
무거웠다.

12

1층 공동현관을 빠져나가니 조 아저씨가 어디에 가느냐고 말을 걸었다. 조 아저씨는 아파트 앞의 화단을 정리하고 있었는지 기다란 빗자루를 들고 있었다. 나는 잠깐 길 안내를 멈추고(그렇게 하지 않으면 자꾸 경로를 이탈했다고 재민이가 귀찮게 군다), 조 아저씨에게 인사했다. 조 아저씨는 환하게 웃으며 인사를 받아 주었다.

"어디 가니?"

"컴퓨터 서비스 센터에 가는 길입니다."

조 아저씨가 고개를 갸웃거렸다.

"학교는 어쩌고? 일주일이 지났으니 슬슬 다시 등교해야 하지 않아?"

"당분간 홈스쿨링하기로 했습니다."

"왜?"

조 아저씨는 빗자루에 기대서서 인상을 찌푸렸다. 미간에 조준선 같은 주름이 잡혔다. 나는 거짓말을 못한다.

"이유가 있습니다."

"어머니께서도 알고 계시니?"

조 아저씨가 말없이 나를 바라보다가 옅게 한숨을 내쉬었다.

"그래……. 나쁜 짓 하려는 건 아니지?"

"그렇습니다."

조 아저씨가 천천히 고개를 끄덕였다. 나를 꼬맹이 취급하지 않아서 나는 아저씨가 좋았다. '벼는 익을수록 고개를 숙인다'는 속담이 있는데, 조 아저씨는 아주 잘 익은 황금빛 벼였다. 농담이 아니라 정말로 머리가 황금빛이기도 했다. 파란 눈에 금발을 한 경비 아저씨가 있는 아파트는 아마 한국에는 우리 아파트밖에 없을 거다.

"그래서 서비스 센터에는 왜 가는 거니?"

나는 아저씨라면 이 노트북에 관해 무언가를 알고 있을 수도 있겠다 싶었다. 아저씨는 노트북을 찬찬히 앞뒤로 살피더니 어깨를 으쓱했다.

"골동품이구나. 소니는 노트북을 만들지 않은 지 한참 된 걸로 알고 있는데. 내가 미국에 살던 시절에나 쓰던 물건이야. 조금 유행하기도 했지."

"다시 전원을 켜고 싶은데, 충전기를 찾을 수가 없습니다."

"아버지 물건이니?"

"예."

"아버지 노트북을 다시 켜서 뭐 하려고?"

"게임 캐릭터를 만들려고 합니다."

"그건 또 무슨 말이니?"

나는 조 아저씨에게 내 계획을 설명했다. 조 아저씨는 눈을 감고 듣다가 누군가 다가오는가 싶으면 화단을 청소하는 척했다. 눈을 감고도 어떻게 그럴 수 있는지 신기했다. 군대에 다녀와서 그런가. 다녀오면 사나이가 된다는 거 다 헛소리라고 생각했는데, 조 아저씨가 군대에 관해 긍정적인 이야기를 할 때마다 내가 보고 들은 정보와 너무 달라서 좀 혼란스러웠다.

내 이야기를 다 들은 조 아저씨는 "흠" 하고 의미심장한 소리를 냈다.

"좋은 생각이 아닌 것 같습니까?"

"글쎄. 내가 좀 옛날 사람이라서 그런가. 아무래도 디지털보단 편지가 좋아 보이는데. 그래도 어머니께서 몰라 주시지는 않을 거라고 본다."

조 아저씨는 미소를 지으며 계속 말했다.

"하지만 네가 그걸 위해 학교까지 빠지는 걸 어머니께서 좋아하실지는 모르겠구나."

가까운 사람들과 의견이 다른 건 속상한 일이었다. 의견이 다르면 비밀이 생긴다. 난 가까운 사람에게는 슬픈 일 말고는 숨기고 싶지 않은데.

"어머니께 말할 겁니까?"

나는 떨리는 목소리로 물었다. 아저씨가 고자질하면 내 계획은 시작도 하기 전에 멸종하는 셈이다. 아저씨는 잠깐 뜸을 들이더니 이렇게 말했다.

"이렇게 하자. 어머니에게는 말하지 않으마."

"감사합니다."

"끝까지 들으렴. 너는 똑똑하니까, 나가기 전에 계획을 세우고 나가지?"

"그렇습니다. 계획 없이 움직이는 건 실패로 가는 지름길입니다."

"좋아. 그럼 매일 나갈 때 내게 그날의 계획을 얘기해 주는 거야. 그게 조건이다."

어차피 아저씨가 비밀만 지켜 준다면 만날 때마다 상의할 생각이었기 때문에, 사실 아저씨는 그런 조건을 내걸 필요가 없었다. 그래서 나는 아저씨가 좀 더 많은 이야기를 해 달라는 뜻이 아닌가, 하는 생각이 들었다.

"계획이 여러 개거나 중간에 변수가 생겨서 계획이 바뀌면 어떻게 합니까?"

"당연히 그것도 이야기해 줘야지. 내가 설명을 제대로 못 한 모양이구나. 내가 너를 도와주겠다는 뜻이야. 내가 너의 HQ가 되어 주마."

"HQ가 뭡니까?"

"헤드쿼터. 작전 본부라는 뜻이지. 모든 비밀 요원에게는 작전 본부가 있잖니. 요원은 모든 일을 작전 본부와 상의해야 하고, 결과를 작전 본부에 보고해야 할 의무가 있지."

헤드쿼터를 그렇게 줄여 부르기도 하는군. 나는 아저씨가 비밀 요원이라고 말한 순간부터 아저씨가 내게 원하는 바를 정확하게 이해했다. 〈007〉과 〈미션 임파서블〉, 〈배트맨〉과 〈워치맨〉. 모든 히어로에게는 코끼리 무리처럼 든든한 뒷배가 있기 마련이다.

"알겠습니다."

"좋아. 그럼 암호라도 정할까?"

"암호…… 말입니까?"

"원래 비밀 요원들끼리는 서로를 알아 보기 위해 암호와 코드네임을 쓴다네."

그러니까 그건, 말하자면 현실에서 쓸 캐릭터 아이디를 정하자는 거였다. 좀 유치한 것도 같았지만 아저씨의 표정은 더없이 진지했다. 그래, 아저씨가 하는 일이니 다 이유가 있겠지. 이게 미군 스타일이라든가.

"좋습니다. 저는 '엘리펀트'로 하겠습니다."

"알겠네, 에이전트 엘리펀트. 내 코드네임은 '에이전트 조'일세."

조 아저씨는 멋들어진 경례를 해 보이며 말했다. 나도 그 자세를 따라 해 보았지만, 아저씨처럼 손등을 각지게 세우는 건 쉽지 않았다.

"그런데 이름하고 암호가 같으면 안 되는 거 아닙니까?"

"아니지. 이름하고 같으니까 아무도 그게 암호라고 의심하지 않을 거 아니냐."

조 아저씨가 "낄낄" 웃으며 말했다. 이럴 줄 알았으면 내 암호명도 이름으로 할걸. 하지만 조 아저씨는 한번 정한 코드네임은 바꿀 수 없는 법이라고 우겼다. 그래, 〈원더러즈 판타지〉에서도 처음

정한 이름을 바꾸려면 5만 원짜리 캐시 아이템을 써야 하고, 그조차도 한 번밖에 못 하긴 하지.

"에이전트 엘리펀트. 통신 장비는 챙겨 왔겠지?"

아무래도 아저씨는 이 상황극을 계속 이어 나갈 모양이었다. 나는 고개를 푹 숙이고 휴대전화를 들어 보였다. 조 아저씨가 내 휴대전화에 전화번호를 입력했다. 통화 버튼을 누르니 조 아저씨와 연결되었다. 조 아저씨는 그 번호를 '에이전트 조'라고 저장했다.

"임무에 돌입할 때, 임무를 끝낼 때, 무슨 일이 생겼거나 비상사태일 때, 혹은 그냥 아무거나 상의하거나 떠들고 싶을 때는 반드시 연락해야 하네. 이해했나? 에이전트 엘리펀트."

"네, 알겠습니다."

나는 조 아저씨처럼 멋들어진 경례를 다시 한번 시도했다. 이 상황극에서 멋진 건 그 경례밖에 없었다. 그러나 안타깝게도 여전히 잘 안 되었다.

13

서비스 센터는 뭐랄까, 전문적이라기보다는 그냥 인테리어가 깔끔한 시장 같았다. 예전에는 더위를 피하기 위해 에어컨을 힘차게 틀어 주는 은행에 모이는 '은행 피서'라는 게 있었다는데, 이제는 그게 서비스 센터로까지 확장된 것 같았다. 얼굴이 쭈글쭈글한 할머니와 할아버지들이 의자에 모여 앉아 종이컵으로 커피를 마시며 이야기를 나누고 있었다. 그중에는 심지어 간단한 음식을 가져와서 나눠 주는 사람도 있었다. 제지하는 직원은 없었다.

작은 영수증처럼 생긴 번호표에는 내 앞에 몇 명이 있는지 표시되어 있었다. PC방에서 나오는 표와는 달리 숫자의 의미가 정확히 적혀 있었다. 내 차례는 세 사람이 용무를 끝낸 다음에야 올 것이었다. 그동안 나는 서비스 센터 안을 돌아다니며 이것저것을 구경했다. 앉아 있으면 자리를 차지하고 있는 사람들이 말을 걸어올 것만 같았다. 어르신들은 어린아이를 보면 말을 거는 습성이 있으니까.

서비스 센터에는 거대한 모니터가 두 대 있었다. 화면과 실내 공간을 '마법처럼' 연결해 준다는 투명한 디스플레이에서는 2분짜리 광고 두 개만 계속 번갈아 반복되고 있었다. 왜 아무도 돌아다니며 구경을 하거나 화면을 보는 데는 관심이 없는지 좀 알 것 같았다. 그래도 나는 내 차례가 올 때까지 화면 앞에 서서 지루한 영상을 계속 봤다.

1시간 후에 내 차례가 왔다. 상담원은 가면을 쓰고 있었다. 감정에 따라 선 몇 개가 변하면서 표정을 이모티콘으로 표현해 줬다. 상담원의 이모티콘이 활짝 웃었다. 가면 안쪽으로도 활짝 웃는지는 알 수 없었지만 어쨌든 목소리는 쾌활했다. 게임 채팅을 보는 것 같아서 마음이 좀 편해졌다.

"무엇을 도와드릴까요?"

노트북을 꺼내 상담원에게 건넸다. 상담원의 표정을 살폈지만, 이모티콘은 웃는 표정 그대로였다. 내가 말했다.

"노트북 전원이 안 켜집니다."

"확인해 보겠습니다. 제가 고객님의 노트북을 임의로 조작하는 것에 동의하시나요?"

"동의합니다."

"동의 감사합니다."

상담원은 노트북을 이리저리 돌려 보더니, 화면을 열고 키보드 오른쪽 귀퉁이의 버튼 하나를 꾹 눌렀다. 그래도 노트북이 아무 반응도 없자 상담원은 다시 고개를 들어 나를 보았다. 나는 이모티콘의 표정이 집중할 때는 돋보기 모양으로 변하고, 말을 할 때는 좀 더 친근한 표정을 지어 주면 어떨까 하는 생각이 들었다. 표정이 하나밖에 없을 거라면 얼굴을 왜 달아 놓은 거람.

"노트북 충전은 하셨을까요?"

"못 했습니다."

"일단은 충전 문제로 보이기는 합니다만, 워낙 오래된 모델이라서 충전을 하셔도 전원이 켜질지, 켜지지 않을지는 확답 드리기가 어렵습니다. 일단 한번 충전해 보시고 다시 방문해 주시겠어요?"

"집에 충전기가 없습니다. 어디서 사야 할지도 모르겠습니다."

이모티콘은 곤란한 듯 눈 옆에 작은따옴표가 세 개 찍혔다. 표정이 변할 수 있는 거였구나. 어쩌면 이 이모티콘 마스크에도 로비에 있는 '마법 같은' 디스플레이가 쓰인 건지도 몰랐다. 표정 변화가 아주 자연스러웠다.

"잠시만 기다려 주세요. 고객님."

상담원은 그렇게 말하고는 자리에서 일어나 뒤쪽의 문을 열고 들어갔다. 나는 잠시만이 어느 정도인지 몰라서 일단은 시간을 재 보았다. 너무 오랫동안 돌아오지 않으면 혹시 내 순서가 뒤로 다시 밀려 버릴지도 몰랐다. 뒤를 돌아보았다. 아까보다 사람이 더 많아진 것 같았다. 자리에 앉아서 뭐 하냐고 나한테 따지러 오면 어떡하지? 번호표를 꽉 쥐었다. 손에 미끈거리는 잉크가 묻어 나왔다. 상담사는 5분 후에 돌아왔다. 여전히 이모티콘 가면을 쓰고 있었는데, 눈이 'ㅠ'자로 바뀌어 있었다.

"죄송합니다, 고객님. 해당 제품은 너무 오래된 제품이어서 저희 쪽에서도 보관하고 있는 부품이 없네요. 본사에 부품이 있는지 문의를 해 볼 수는 있는데, 그렇게 해 드릴까요?"

"시간이 얼마나 걸립니까?"

"그건 저희도 확실히 말씀드리기가 어렵습니다……. 워낙 오래된 제품이라서 본사에서도 부품을 찾을 수 있을지 어떨지……."

"다른 방법은 없습니까? 꼭 전원을 켜야 하는 노트북입니다."

"혹시 무슨 용도로 사용하실 건지 여쭤 봐도 괜찮을까요?"

"안에 있는 데이터가 필요합니다."

이모티콘이 다시 웃는 표정으로 되돌아갔다.

"아, 그런 거라면 방법이 있습니다. 컴퓨터 전원을 켜지 않아도 메모리만 따로 떼어내서 데이터를 추출하거나 복구하는 것은 가능합니다. 다만 해당 작업은 저희 서비스 센터에서 제공하는 서비스가 아니라서 사설 데이터 업체를 방문하셔야 할 것 같습니다."

"몇 군데만 추천해 주실 수 있습니까?"

"죄송합니다. 잠시만요."

어떻게 '거절'과 '잠깐 기다려 달라'는 말이 공존할 수 있는 건지 잠시 의문에 빠진 사이, 상담원은 이모티콘 가면을 벗었다. 여태 남자인 줄 알았는데, 여자 얼굴이 드러났다. 가면은 얼굴과 표정뿐만 아니라 목소리까지 바꿔 주는 모양이었다. 상담원의 얼굴은 너무나도 사람 같았다. 당연한 이야기였다.

"원래는 제가 따로 연결해 드리면 안 되는 거긴 한데, 죄송하니까 몇 군데만 알려 드릴게요."

상담원은 그렇게 소곤거리더니 작은 종이에 뭔가를 메모해 내 손에 쥐어 주었다. 가면을 다시 썼다. 웃는 얼굴.

"감사합니다. 지금까지 상담사 스마일리 3이었습니다."

나는 노트에 적힌 이름을 하나하나 검색해 보고 가장 가까운 곳으로 가기로 했다. 상담사는 이런 일이 처음이 아닌 모양인지 적어준 곳이 모두 서비스 센터에서 그리 멀지 않았다. 우선 조 아저씨에게 전화를 걸었다.

"에이전트 엘리펀트, 임무는 어떤가?"

조 아저씨가 멋들어진 목소리로 전화를 받았다. 나는 서비스 센터에서 일어난 일을 이야기하고, 이제는 사설 데이터 업체 '킹콩'에 방문해 볼 예정이라고 했다. 조 아저씨는 "흠" 하고 말을 흐렸다.

"에이전트 엘리펀트, 조금 있으면 점심시간이네. 점심시간에는 '킹콩'이 문을 닫을 가능성도 있어."

아차. 어쩐지 서비스 센터에 상담 창구는 넷인데 상담원이 둘밖에 없더라니. 하지만 '킹콩'을 가는 것 말고는 다른 계획이 없었기 때문에 나는 우뚝 걸음을 멈추었다. 내가 아무 말이 없자, 조 아저씨가 다시 말했다.

"이럴 때 상의하라고 있는 게 HQ일세. 점심시간에 할 일이 없나?"

"그렇습니다."

"그럼 HQ로 돌아와 점심이나 먹지. 계획을 세워 보자고."

14

경비실에 들어가 보는 건 처음이었다. 경비실의 크기는 내 방의 두 배 정도 되었다. 방이라고 생각하면 크지만, 집이라기엔 너무 작았다. 그러니까 경비실이라는 이름으로 부르는 거겠지. 경비실에는 작은 컴퓨터 하나와 라디오, 둘둘 말 수 있는 침낭, 식탁이 있었다. 음식을 할 수 있는 공간은 따로 없었다. 조 아저씨는 주로 도시락을 싸 오거나 음식을 배달시켜 먹는다고 했다.

조 아저씨는 아메리칸 브렉퍼스트라는 걸 준비해 놓고 날 기다리고 있었다. 달걀과 베이컨, 팬케이크 세 개로 구성된 식사였다. 내가 팬케이크에는 손도 대지 않고 달걀과 베이컨만 먹으니까 조 아저씨는 나를 이상하게 봤다. 조 아저씨에 따르면 팬케이크는 성장기 애들이 가장 좋아하는 메뉴라는 것이었다.

"정제 탄수화물은 건강하지 않습니다. 혈당을 빠르게 높여서 인슐린 분비를 촉진해 금방 다시 배고프게 만듭니다. 영양 섭취 측면에서도 효율적이지 않고, 비만과 당뇨병을 유발하기도 합니다."

"미국에서는 평생 아침에 시리얼만 먹고 사는 이들도 있어."

"그래서 미국에 고도 비만 환자가 많은 거 아닙니까? 미국 사람들은 건강 보험도 없는데 건강 보험이 있는 것처럼 먹는다고 말이 많습니다."

조 아저씨는 웃음을 터뜨렸다.

"어릴 때 찐 살은 다 키로 가는 거란다. 너는 너무 말라서 클 키도 못 크겠구나."

그 말에 약간 자존심이 상했다. 과장 좀 보태자면 나는 나중에는 덩치가 코끼리만큼 커질 수도 있을 거라고 생각했다. 키는 유전이라고 하는데, 어머니는 한국 성인 여성의 평균보다 키가 컸으니까. 만약 아저씨의 말이 사실이라면 이렇게 먹어선 그런 날은 오지 않을 것이었다. 조 아저씨는 60대의 나이였는데, 키도 훤칠하게 크고 어깨가 떡 벌어져 넓었다. 근육은 말에도 힘을 더한다.

"아저씨도 어릴 적에 그런 식사를 했습니까?"

"에이전트 조라고 부르게. HQ로서 조언하자면 배부른 식사와 운동이야말로 강해지는 길이라네. 자네, 그런 팔로 임무를 하다가 부러지기라도 하면 어떡하나."

조 아저씨는 포크와 나이프를 내려놓고 양팔을 들어 'ㄴ'자를 만들어서 근육을 부풀려 보였다.

"킹콩과 싸우기 위해서는 든든히 준비해야지."

언젠가 한 책에서 읽은 타잔에 관한 이야기가 떠올랐다. 타잔이 끔찍한 위선자라는 내용이었다. 타잔처럼 울퉁불퉁한 근육질 몸을 갖기 위해서는 반드시 단백질을 섭취해야 한다. 밀림에서 두부를 빚을 수는 없었을 테니, 그는 자기가 친구라고 부르는 동물들을 모종의 기준에 따라 잡아먹어 왔을 거라는 내용이었다.

큰 정의를 위해선 사소한 정의를 내려놓을 필요도 있다.

그게 그 책의 결론이었다. 나중에 뒤표지를 보니 안에 19라고 적힌 빨간색 타원이 그려져 있었다.

나는 밀어 두었던 팬케이크를 먹었다. 세 개 다 먹지는 않고 두 개만. 목이 조금 멨다가 시원해지는 게 조금은 목청이 커진 것 같은 기분이 들었다.

조 아저씨는 임무에 필요할 거라면서 내게 5만 원의 현금을 쥐여 주었다. 나는 이 일이 끝나면 반드시 두 배로 갚겠다고 약속했다. 조 아저씨는 그럴 필요 없다며 손사래를 쳤다.

나는 이렇게 말했다.

"진정한 비밀 요원이라면 빚을 지지 않아야 하는 법입니다."

15

'킹콩'은 이름과는 달리 작았다. 직원 하나만 지루한 표정으로 하품을 하며 자리를 지키고 있었다. 그는 캡모자를 눌러쓰고 수염을 기른 뭐랄까, 두목님이라는 호칭이 어울릴 만한 사람이었다.

"무슨 일로 왔나?"

직원은 자리에서 일어나지도 않고 그렇게 말했다. 나는 직원에게 다가가 노트북을 꺼내 보였다. 그는 내가 다가가자 마치 몬스터처럼 자리에서 벌떡 일어났다. 그는 '킹'콩이라기에는 좀 키가 작은 사람이었다. 나는 주머니 속의 5만 원을 꽉 쥐었다. 나는 말할 수 있다. 나는 손님이다.

"이 노트북 안의 데이터가 필요합니다. 가능하면 전원을 켜고 싶습니다."

직원은 잠깐 멍하니 나를 보더니 노트북을 집어 들고 이리저리 쓱쓱 돌려 보았다. 그러더니 "쿵" 하고 노트북을 과격하게 내려놓았다. 책상이 두 동강 나거나 하지는 않았다.

"충전해서 켤 수는 없을 것 같다. 이 노트북의 전원을 켜는 건 죽은 자를 부활시키는 것과 같다."

"예? 충전만 되면 켤 수 있는 것 아닙니까?"

"모르는 소리. 기계도 사람처럼 자기가 사는 시대와 수명이 있다. 이 노트북의 시대는 이미 끝났어. 너무 옛날 사람이라서 눈을 떠도 아는 사람은 모두 죽었고, 언어도 너무 오래돼서 말이 통하지 않는 상태와 같지."

점원은 마치 주문이라도 외우는 것처럼 그렇게 말했다. 이 사람은 뭐 주술사라도 되나.

"20년도 안 된 모델 아닙니까."

"전자기기의 세상을 인간의 것과 같다고 생각하면 안 돼. 그 세계는 시간이 몇 배로 빠르게 흐른다고."

"저는 이 안에 들어 있는 데이터를 꼭 봐야 합니다."

점원은 덥수룩한 턱수염을 잠깐 문지르더니 말했다.

"그래. 데이터만 보는 거라면 방법이 있지. 전원은 켤 수 없다는 뜻이었네. 별도의 저장장치는 가지고 왔나?"

나는 고개를 저었다. 그러자 점원은 패드를 꺼내 들더니 숫자를 몇 개 쓱쓱 적었다. 그다음엔 패드를 내 쪽으로 돌려 내용을 보여 주었다. 그는 숫자들을 가리키며 말했다.

"예상 가격은 이렇다."

숫자들이 어지럽게 쓰여 있었으나, 빨간 동그라미가 쳐진 건 15만 원. 낼 수 없을 정도는 아니지만 좀 비쌌다. 그 돈을 내면 한 달 동안은 긴축으로 살아야 한다. 내 용돈은 하루에 만 원에 불과 했다.

생각해 보자. 일반적으로 알려져 있는 흥정의 기술은 발품을 파 는 것이다. 여러 가게에 방문해 견적을 내고 가장 싼 곳을 선택하 는 것. '아는 것이 힘'이라고 했다. 길마 누나의 추천은 돈이 없다 고 솔직하게 말하고 깎아 달라고 하기. 정직이 최고의 정책이니 까. 조 아저씨는 무조건 반값을 부르고 협상하라고 했다. 발품이 나 사정은 세계가 나에게 친절하기만을 바라는 소극적인 태도라 고 지적했다. 비밀 요원이라면 자기 힘으로 세상을 바꿀 줄 알아 야 한다나.

점원은 내가 알아서 결정하고 준비가 되면 이야기하라는 듯 휴 대폰을 보며 "낄낄" 웃고 있었다. 만약 가격 협상을 요구하면 무슨 일이 일어날까? 책상 위에 두 손바닥을 "콩" 올리기. 7만 원에 해 달라고 말하기. 점원은 벌떡 일어나서…….

"이게 업계 최저가다. 형제가 와도 이 아래로는 못 깎아 준다."

나는 깜짝 놀라 아래를 보았다. 나는 여전히 차렷 자세. 너무 오랫동안 고민한 모양이었다. 점원은 여전히 휴대폰을 하고 있었지만, 그의 턱이 좌우로 움직이면서 이 가는 소리를 냈다.

"제가 가진 돈은 이게 전부입니다."

나는 조 아저씨가 준 5만 원을 꺼내 보였다. 내가 하도 움켜쥐어서 5만 원은 좀 불쌍할 정도로 꼬깃꼬깃했다. 점원은 휴대폰을 내려놓고 5만 원을 뚫어져라 봤다.

"오케이. 그럼 이 가격에 맞춰서 해 주지. 대신 다 옮기지 못할 수도 있는데, 그럼 노트북은 여기 맡아둘 테니 다음에 찾으러 와라."

"알겠습니다. 감사합니다."

점원은 "오케이!" 하고 휘파람을 불더니 서랍을 뒤져 종이를 몇 장 꺼냈다. 그러고 나서 작업 과정 중에 노트북에 손상이 발생할 거라는 점을 설명하고 해당 사안에 관한 동의서를 받았다.

"아직 학생이지?"

"중학생입니다."

"어쨌든 학생이잖아. 그럼 보호자 동의서도 필요한데."

그는 휴대폰을 조작하더니 내게 넘겼다.

"스피커폰으로 바꿔서 화면에 나오는 지시대로 해."

나는 그의 말대로 했다. 보호자의 전화번호를 입력하라고 해서 조 아저씨의 전화번호를 입력했다. 자동으로 전화가 연결되었다. 나는 화면에서 시키는 대로 조 아저씨의 본인인증을 실행하고, 그에게 동의한다는 대답을 받았다.

"잘 됐나 보구나."

일련의 절차가 끝나고, 조 아저씨가 말했다. 그러나 그 이상의 시간은 주어지지 않았다. 절차가 끝나자 이건 철저한 작전의 일부라는 듯 통화가 칼로 베듯이 중단되어 버렸다.

"좋아, 이제 시작해 보자고."

점원은 내 손에서 휴대폰을 빼앗아 뒷주머니에 넣었다. 모자를 반대로 쓰고, 소매를 걷어붙였다. 점원은 노트북을 뒤집더니 드라이버로 뒤판의 나사를 모두 빼냈다. 플라스틱 자를 꺼내 그걸 지렛대 삼아 노트북의 뒤판을 벌렸다. "빠각" 하는 소리가 났지만, 점원의 표정은 평온했다. 그는 뒤판을 앞뒤로 돌려가며 부러진 부분이 없다는 걸 확인시켜 준 다음 계속 일을 진행했다. 기계의 내부를 직접 보는 건 처음이었다. 그러고 보면 요즘에는 기계들이 나사나 이음매 같은 걸 모두 매끈한 표면 아래에 숨기고 있어서 분해할 수 있다는 생각 자체를 못 해 봤다. 이 시대에 태어났다면 에디슨조차 발명왕이 되지 못하지 않았을까?

몇 가지 작업을 더 한 뒤에 점원이 말했다.

"용량이 그렇게 크지는 않네. 5만 원이면 충분할 것 같다."

나는 속으로 가슴을 쓸어내렸다.

"설명을 좀 해 줄 테니, 가까이 와 봐. 기계도 전쟁과 같아서 지피지기면 백전불태니까."

점원은 폴더들을 하나씩 옮기며 그게 무엇인지 설명해 주었다. 설명의 핵심은 옮기는 게 무엇인지가 아니라 옮기지 않는 게 무엇인지였다. 그는 시스템 파일과 컴퓨터에 설치된 프로그램 데이터는 옮기지 않겠다고 설명했다. 노트북의 저장장치 용량은 500기가바이트가 넘었는데, 점원이 아버지의 개인 데이터만 다 옮기고 보니 5기가바이트도 되지 않았다.

"저장장치는 한 사람의 인생에 관한 비유와도 같지. 한 사람의 인생에서 그 사회에 관련된 것을 빼면, 결국 개인의 취향과 생각은 한 줌밖에 되지 않아."

점원은 만족스러운 표정으로 이런저런 장치들을 안에 아무렇게나 쑤셔 넣고 뒤판 나사를 돌려 지저분한 내부를 한 번에 덮어 버렸다.

"어차피 이 노트북은 충전해서 다시 쓸 일이 없으니 이렇게 마
무리해도 되겠지? 이런 걸 실용주의라고 부르지."

16

잠에서 깨어났을 때, 어머니는 이미 집에 없었다. 식탁에는 아침밥만 덩그러니 놓여 있었다. 집에서 쓰는 접시에 담겨 있긴 했지만, 근처 반찬 가게에서 어제 팔던 것과 메뉴가 똑같았다. 짠 냄새가 났다. 장조림에 깻잎무침, 김치, 미역국. 내가 좋아하는 반찬들이었다. 어머니는 따로 쪽지나 메시지는 남겨 두지 않았다. 나는 차라리 다행이라고 여겼다. 어머니가 나 때문에 억지로 요리를 해야 했다면 그게 더 마음 아픈 일이었을 것이다.

나는 오늘 해야 하는 일에 관해 생각했다. 아버지의 노트북에서 빼낸 자료들. 오늘은 그것을 살펴봐야 했다. 학교에 갈 필요가 없으니 밥을 천천히 먹었다. 등교 시간이 지났다. 전화는 걸려 오지 않았다. 아직은 내 편지가 잘 기능하고 있는 모양이었다. 선생이 언젠가 의문을 가지고 어머니에게 전화할 때까지는 괜찮을 것이다. 반대로 말하면 지금은 선생이 여태까지 그랬던 것처럼 내게는 별 관심이 없다는 뜻이었다. 일반적으로 아버지를 잃은 아이는 위로와 관심의 대상이어야 할 텐데. 어쩌면 선생에게는 효종 못지않게 나도 무서운 존재일지 몰랐다. 촉법소년은 성격이 아니라 나이에서 비롯되는 것이니까.

나는 반찬을 남김없이 비웠다. 그러고 나서 그릇들을 가지고 개수대로 가서 설거지했다. 음식을 다 먹어야 음식물 쓰레기를 처리하는 귀찮음에서 벗어날 수 있다. 어머니는 생산을 담당하고 나는 처리를 담당한다. 이건 아버지가 고장 난 이후, 그러니까 내게 집안일이 분배되기 시작한 일곱 살 무렵부터 꾸준히 이어져 온 규칙이었다. 어머니는 언제나 일찍 출근했기에 흔적을 남기지 않고 학교에 가는 건 내 역할이 될 수밖에 없었다. 회사는 어머니의 사정을 배려해 주지 않았다. 아버지가 죽고 나서 내가 학교를 일주일 동안 합법적으로 빠지는 동안에도 어머니는 주말만 쉬고 다시 회사에 나갔다.

나는 어머니가 나를 일찍 깨우지 않게 되었다는 게 신경이 좀 쓰였다. 어머니는 원래 규칙적인 생활을 강조하며 출근할 때 나를 깨워서 아침을 같이 먹었다. 어머니가 깨우지 않아도 내가 먼저 일어나 앉아 있는 게 우리 사이의 작은 농담이었다. 하지만 이제는 아무리 오래 침대에 앉아 있어도 어머니가 방에 들어 오지 않았다. 어머니 안의 시계가 고장 나기라도 한 걸까. 아니면 코끼리의 추모와 비슷한 걸까. 코끼리들은 항상 무리를 지어 이동하는데, 무리 중 하나가 죽으면 며칠 쉬어 간다고 했다.

"컴퓨터는 어머니와 아들 사이에 영원한 갈등"이라는 글을 어디에선가 읽은 적이 있다. "양육은 컴퓨터를 사이에 둔 영원한 줄다리기"라고 표현한 아동학자도 있었던 걸로 기억한다. 하지만 우리 집은 그런 맥락에서는 상당히 벗어난 상태였다. 어머니는 내가 컴퓨터를 하는 것에 관해서는 아무런 신경도 쓰지 않았다. 방에 개인 컴퓨터가 있는 학창 시절을 보낸 사람이 길드에 나밖에 없다는 걸 알았을 때는 상당히 놀랐다. 나는 그런 점이 내 계획에 긍정적으로 작용한다고 생각했다. 아버지가 컴퓨터를 좋아했으니까 어머니도 컴퓨터를 긍정적으로 생각하는 것이 아닐까 하고.
　킹콩 점원에게서 받은 작은 외장 저장장치를 컴퓨터에 연결했다. 플러그 앤 플레이를 지원하는 장치여서 특별히 드라이브를 설치할 필요 없이 컴퓨터가 자동으로 저장장치를 인식했다. E 드라이브라는 이름의 폴더를 열자, 아버지가 남긴 문서들이 모습을 드러냈다. 아버지의 컴퓨터에 저장되어 있었던 데이터는 다음과 같았다.

1. 이런저런 회사나 동아리, 대외활동 지원서.
2. 아버지의 업무 자료, 과제물들.
3. 메모장 앱에 남아 있는 아버지의 메모들.
4. 사진 앨범.

데이터 중 대부분을 차지하는 것은 사진이었다. 문서들의 용량은 1기가바이트도 안 됐다. 나는 문서를 모두 긁어모아 재민이에게 해석을 맡기고 우선은 사진부터 살펴보기로 했다.

아버지는 인물 사진은 많이 찍지 않는 사람인 모양이었다. 대부분의 사진은 포스터나 인터넷 게시물 같이 정보를 담고 있는 글이었는데, 아이러니하게도 정보를 많이 담은 그런 사진들은 아버지에 관해 거의 알려 주는 것이 없었다. 오히려 반쯤 사고로 찍힌 듯한 휴대전화 스크린숏이나 대학교 건물 앞에서 어색하게 웃는 아버지의 사진이 훨씬 더 많은 이야기를 담고 있었다. 대학생 때의 아버지는 머리도 덥수룩하고 수더분했구나. 당연하다면 당연한 이야기인데 이상하게 좀 슬퍼졌다.

그렇다고 성과가 아주 없는 건 아니었다.

책 사진이 많았다는 점에서 책을 좋아했다는 점은 추측해 볼 수 있었다. 표지를 찍은 사진도 많았고, 몇 페이지에 걸쳐 내용을 찍어 놓은 것도 많았다. 주로 비문학보다는 문학, 거의 소설이었다. 모종의 행사에서 찍은 것 같은 사진들도 제법 있었는데, 매번 다른 사람의 행사인 걸로 보아 특정 작가의 팬은 아니었던 모양이다.

이유는 잘 모르겠지만 아버지가 주민등록증과 학생증을 사진으로 찍어 둔 덕분에 아버지의 주민등록번호와 휴대폰 번호도 알 수 있었다.

아버지와 함께 사진을 찍은 남자나 여자들이 있는 사진들도 있었다. 나는 그 사진들에 표시를 해 두었다. 그들이 누구인지는 사진만 보고는 알 수 없었지만, 운이 좋으면 글에만 등장하는 사람들의 외모를 추측할 단서가 될지도 몰랐다. 만약 만나러 갈 수 있다면 알아볼 단서가 되기도 할 것이고.

그러는 사이 재민이가 요약을 완료했다.

1. 아버지는 코끼리를 좋아했고, 아주 관심이 많았다.

2. 아버지는 대학 시절, 선배라는 사람과 연애를 했다.

3. 아버지는 문학에 관심이 많으며 다수의 문학적인 글을 남겼다.

4. 아버지는 이런저런 사소한 일들을 많이 메모해 두는 습관을 가졌다.

자세한 내용은 필요에 따라 찬찬히 살펴보면 될 것 같았다.

17

재민이의 요약본을 읽고 있는데 전화벨이 울렸다. 광고 전화인
가 싶어 휴대폰을 뒤집어 놓으려는데 화면에 '어머니'라고 적혀
있었다. 집에 있는 걸 들키기라도 한 건가 싶어 깜짝 놀랐다. 그러
나 시계를 보니 학교에서 딱 점심시간일 무렵이었다.

"큼큼."

목소리를 고르고 전화를 받았다.

"잘 있니?"

어머니가 물었다. 나는 그렇다고 대답했다. 학교에서라면 으레
들려오기 마련인 소음이 들리지 않는다는 점에 대해 어머니가 물
으면 뭐라고 변명할까를 머리 한구석에서는 열심히 생각하고 있

었다. 하지만 어머니는 그런 건 하나도 묻지 않았다. 어머니는 한 동안 침묵을 지키다가 말했다.

"잘 있으면 됐다. 밥 맛있게 먹고."

전화가 끊어졌다. 나는 한동안 멍하니 전화기를 바라보았다. 한 차례 폭풍이라도 지나간 것 같았다. 이게 무슨 일이지. 이것은 패턴에서 벗어나는 일이었다. 어머니는 내가 학교에 있을 때는 전화를 걸지 않는다. 심지어 아버지가 위독하던 그날도 내가 학교에 잘 있는지 묻기 위해 전화를 걸지는 않았다. 어머니가 걱정됐다. 어머니에게 무슨 일이 생기기라도 한 걸까? 하지만 납치범이든 테러범이든 자녀에게 전화해 어머니의 몸값을 받아 내려고 시도했다는 이야기는 들어 본 적이 없었다. 다른 심각한 상황이었다면 어머니는 애초에 전화기를 쓸 수도 없었거나 용건부터 말했을 것이다.

결론 : 어머니는 지금 안전하다. 다만 그게 어머니의 마음마저 괜찮다는 뜻은 아니었다. 어머니는 괜찮다. 하지만 괜찮지 않다.

나는 차분히 앉아 생각했다. 어머니의 상태를 어떻게 확인할 수 있을까. 외부적 요인에 의한 것이 아니라면 문제는 어머니에게 있을 것이다. 식탁 의자를 끌고 와 그 위에 올라섰다. 아슬아슬하게 찬장에 손이 닿았다. 뭔가를 꺼낼 수는 없었지만, 문만 열 수 있으면 충분했다. 나는 멀리 떨어져서 찬장 안쪽의 사진을 찍었다. 사람이라면 누구나 비밀을 깊숙이 보관하려는 경향이 있다.

찬장에는 설탕이나 후추 같은 향신료, 접시와 컵, 국수 다발 같은 것들이 있었다. 그런 것들은 여느 집에나 있기 마련인 것들이었다. 나는 휴대전화 화면을 두 손가락으로 쓱쓱 밀어가며 찬장을 뒤졌다. 그리고 심상치 않은 것들을 몇 개 찾아냈다. 주황색 플라스틱 플라스크와 쉽게 열 수 없도록 압력 뚜껑을 달고 있는 작고 하얀 플라스틱병, 아보다트라고 적힌 노란색 종이상자. 외국 영화들에서 본 바에 따르면 아마 약인 것 같았다. 플라스틱병에 읽기 힘든 외국어들이 적혀 있는 걸 보면 거의 확실했다.

나는 그것들에 동그라미를 그렸다. 재민이가 이미지 검색을 통해 정체를 밝혀 주었다. 주황색 플라스틱 플라스크는 세로토닌이라고 하는 항우울제였다. 힘을 주면 두 개로 쪼개지는, 하루에 두 알 먹는 알약이라고 했다. 작고 하얀 플라스틱병은 집중력 보조제였다. 집중력 보조제가 왜 필요한지 찾아보니, 우울증 증상이 심각한 경우에는 집중력이 저하되는 부작용이 나타날 수 있어서 그런 약을 먹기도 한다고 했다. 아보다트는 탈모약이었다. 일반적으

로 여성은 탈모가 생길 확률이 낮지만, 스트레스가 극심한 경우에
는 머리가 많이 빠질 수도 있다고 했다.

최종 결론 : 서둘러야 했다.

18

나는 아버지의 캐릭터를 만드는 이 일을 '숙제'라고 불렀다. 나는 거짓말을 못 하니까 어머니가 내게 질문을 해올 때를 대비한 일이었다. 길마 누나와 형들도 군소리 없이 숙제라는 말을 공유해 줘서 좋았다. 아버지의 기록에 남아 있는 흔적들을 찾아갈 준비를 하고 있을 때, 이런 연락이 왔다.

"그런데 숙제를 하려면 미리 캐릭터를 만들고 레벨업도 해 놔야 하지 않냐?"

그 말을 꺼낸 건 야수 형이었다. 그러고 보니 거기까지는 생각이 미치지 않았었다. 아버지가 플레이하던 게임이라는 알리바이가 성립하려면 그건 갓 만든 캐릭터여서는 안 됐다.

"오, 강록이 웬일로 머리가 좀 돌아간다?"

"백수의 저주로다."

야수 형을 치켜세워 주는 분위기에 힘입어 나도 한마디 했다.

"조언 감사합니다."

"레벨을 어디까지 올려놓으면 좋을까?"

"적어도 레이드 같이 돌 정도는 되어야 하는 거 아냐? 어머님에게 게임 플레이를 시켜 보는 게 계획이잖아."

"협력의 저주로다."

"어휴, 저 콘셉트 어떻게 할 거야. 정말."

"저는 좋습니다만."

"네가 다 받아 주니까 나날이 심해지잖니, 민형아."

"아무튼 레이드를 뛸 수 있는 30레벨까지는 올려 두는 게 맞는 것 같습니다."

"좋아. 그러면 일단 캐릭터 먼저 만들어 올래? 이 게임 다중 클라이언트를 지원 안 하니까, 내가 쩔 좀 해 줘야 할 것 같은데."

"감사합니다, 길마 누나."

"혜진 누나라고 해도 된다니깐."

"저는 이게 더 편합니다."

"익숙함의……."

잠깐 채팅방에 침묵이 감돌았다.

"아오, 이게 더 열 받는다. 야, 그냥 해라."

"저주로다."

웃으니까 기분이 좀 나아졌다. 나는 아버지의 주민번호를 이용
해 새 캐릭터를 만들었다. 그런데 순조로운 시작과는 달리 난관
은 금방 찾아왔다. 캐릭터의 성별과 이름은 어떻게 하지? 보통 남
자는 여자 캐릭터를 선택하며 이름도 소위 허세를 좀 넣어서 짓는
경향이 있다. 만약 아버지의 캐릭터를 재현하는 것 자체가 목적이
라면 그렇게 하는 게 맞았다. 하지만 그걸 어머니가 보고 좋아할
까? 어머니는 내가 알기론 게임은 평생 손에 대 본 적도 없다. 게
이머로서의 자연스러운 선택은 어머니가 보기에는 좀 꼴 보기 싫
은 것일지도 몰랐다.

나는 아버지의 사진과 글을 보면서 다시 생각해 보았다. 이건
아버지의 캐릭터지만 어머니를 위한 것이다. 어머니는 아버지의
어떤 면모를 사랑했을까. 아버지는 진지한 사람이었고, 감수성이
풍부한 사람이었고, 나 못지않게 코끼리를 좋아했다. 일단 어머니
는 코끼리를 잘 모르니까 코끼리는 좀 제외하고. 작가의 이름으로
아이디를 만들어 봐야 하나? 하지만 어떤 작가의 이름도 게임 캐
릭터의 머리 위에 떠 있다고 상상하니 좀 어색하고 이상했다. 〈원

더러즈 판타지〉에서 캐릭터 이름은 다음과 같이 표기된다.

[직업명] 캐릭터 이름

그러니까, 성기사 직업 캐릭터의 이름이 박완서라면,

[성기사] 박완서

이렇게 되는 것이다.

아무리 그래도 그건 너무 장난 같으니까. 고민 끝에 캐릭터 이름은 어머니 이름의 이니셜을 따서 LSE로 하기로 했다.

[마법사] LSE

그게 이곳에서 아버지의 이름이 될 것이다.

"뭐라고 부르면 돼? 르세 법사라고 부를까?"

"어머니가 게임을 잘 모르십니다. 그냥 르세라고만 하시는 게 더 좋을 것 같습니다."

"아, 게임을 잘 모르셔? 그런데도 게임에 긍정적이시라니 좋은 분이시네."

"네, 어머니는 좋은 분이십니다."

길마 누나는 오랜만에 오는 초보 사냥터가 지루한지 계속 내게 말을 걸었다. 스피커를 통해 전달되는 목소리에 귀가 간지러웠다. 사냥은 내가 아버지 캐릭터로 몬스터를 한두 대 때리면 길마 누나가 강한 공격으로 한 방에 몬스터를 죽여 버리는 식으로 이루어졌다. 그렇게 하면 경험치와 재화가 두 사람에게 공평하게 분배되어 레벨이 낮은 캐릭터가 엄청난 속도로 성장하게 된다. 사냥을 시작한 지 1시간도 안 되어 르세는 1레벨에서 2차 전직을 할 수 있는 13레벨까지 올랐다.

"스킬은 뭘 고를 거야?"

"가능한 한 쉽고 쿨타임 짧은 걸로 하려고 생각 중입니다. 뒤에서 막 누르기만 해도 보람차지 않겠습니까?"

"좋은 생각이네."

길마 누나가 화면을 푸른색으로 번쩍번쩍 채우는 번개를 내리치면서 말했다. 레벨이 하나 더 올랐다. 그때 갑자기 이상한 책임감을 느낀 건, 캐릭터 레벨이 꼭 내 나이와 같아져 버렸기 때문인지도 몰랐다.

"어머니께서 정말로 좋아하실 것 같습니까?"

나는 길마 누나에게 찬장에서 발견한 것들에 관해 이야기했다. 우울증은 이벤트 한 번으로 나을 수 있는 게 아니라는 「나무위키」에 있는 글에 관한 것도.

"저는 아버지의 빈자리를 메꿔 드릴 수 없습니다. 오이디푸스 콤플렉스 같은 게 아닙니다. 어머니께서 매일 회사에 나가셔야 하는 한, 제가 어머니 곁에 붙어 있는 한, 어머니의 슬픔은 너무 커서 문으로 내보낼 수 없는 코끼리처럼 집 안에 눌러앉아 있는 것은 아닌가 하는 생각이 듭니다."

잠깐 침묵이 흘렀다. 그러더니 푸른 번개가 다시 한번 내리쳤는데, 그건 길마 누나의 캐릭터가 르세를 향해 쏜 공격이었다. 다행히 같은 길드원끼리는 해칠 수 없었기에 르세는 다치지 않았다.

"네가 주는 슬픔은 고작해야 이런 거야."

길마 누나가 말했다. 그리고 사냥이 끝날 때까지 입을 열지 않았다. 나는 어쩐지 미안하다고 말해야 할 것 같았지만, 한편으로는 또 미안할 일이 아닌 것 같기도 해서 아무 말도 할 수가 없었다. 미안하지 않은 일에 미안하다고 하는 건 비겁하니까.

19

서양에는 '죽음과 세금은 피할 수 없다'는 농담이 있다. 나는 세금을 내기에도, 죽기에도 너무 어려서 상담을 피할 수 없었다. 주말이 되기 무섭게 어머니는 나를 데리고 상담사를 찾아갔다. 이것도 패턴에서 어긋나는 일이었다. 원래 상담은 한 달에 한 번일 터였다. 실상은 금방 밝혀졌다. 어머니가 상담 주기를 일주일에 한 번으로 바꾼 것이었다. 아마 아버지 때문일 것이다.

"안녕, 일주일 동안 잘 지냈니?"

나는 대답하지 않았다. 무슨 이야기가 나올지 뻔했고, 상담사는 한 치의 예상도 비껴가지 않는 이야기를 꺼냈다.

"아버지가 돌아가셨다고 들었어. 기분이 어떠니?"

"꼭 제가 아버지가 돌아가시기를 바랐다는 것처럼 들립니다만."

"그런 뜻이 아니라는 거 알잖니. 나는 네가 잘 지내는지가 궁금한 거야."

"그냥 지내고 있습니다. 별로 바뀐 것은 없습니다."

"아버지께서 오랫동안 누워 계셨잖니. 아버지에 대한 어떤 기억이 가장 많이 떠오르니?"

"달리 없습니다. 제게 아버지는 그냥 누워 있는 사람이었습니다."

상담사는 잠깐 침묵을 지켰다. 자기가 물어봐 놓고서는 무슨 애도를 표하기라도 하는 듯한 태도에 짜증이 났다.

"그다지 슬프지 않으니 물어보지 않으셔도 됩니다. 어머니께는 그렇게만 전하시면 됩니다."

"늘 얘기했잖니. 우리가 여기서 하는 대화는 비밀이고, 어머니에게는 절대 이야기하지 않는다니까."

"제가 원할 때조차도 말입니까?"

"그래. 어떤 경우에도."

상담사가 힘을 주어 말했다. 나는 상담사를 노려보았다. 상담사는 눈을 피하지 않았다. 그러다가 몸을 돌려, 액자 하나를 집어 들었다. 안에는 상담전문의 자격증이 들어 있었다.

"나를 믿지 않는구나. 그래도 법은 믿을 거 아니니? 법적으로 상담사가 상담 내용을 타인에게 이야기하는 건 불법이야."

"우회적인 방식으로 전달할지, 제가 어떻게 압니까?"

"그렇게 따지면 끝이 없지. 여기에 CCTV가 없을 거라는 보장은, 네 귀에 도청장치가 없을 거라는 보장은 어떻게 하니?"

"고려해 보겠습니다."

"아니, 아니, 그런 뜻이 아니야."

상담사는 꼭 내 손이라도 잡고 싶은 걸로 보였다. 만지면 진심이 전달된다는 건 옛 미신들에서부터 유래된 뿌리 깊은 오해다. 나는 두 손을 내려 무릎 위에 올려 두었다. 오랜만에 입은 바지는 질감이 거칠었다.

"네가 여기 오는 걸 별로 좋아하지 않는다는 건 알고 있단다. 하지만 어머니를 위해 대화를 조금만 나눠 보면 어떨까? 어머니가 너와 함께 여기에 오고 싶어 한다는 건 알고 있지? 왜 그런지 생각해 봤니?"

"잘 모르겠습니다."

정말로, 나는 잘 몰랐다. 그래서 오늘은 모르겠다는 말로 끝까지 버텼다.

상담실 밖으로 나오자, 곧바로 어머니 차례였다. 상담사는 지치지도 않는 건가. 애초에 대화를 나누는 걸 좋아하는 사람만 할 수 있는 게 상담사인지도 모르겠다. 간접조명의 노란빛으로 희미한 대기실은 지루했다. 카운터에는 직원 하나가 하품을 하며 앉아 있었다. 그러나 내가 자리에서 일어나면 그녀는 내 쪽을 힐끔힐끔 쳐다봤다. 어느 정도는 감시역을 겸하는 모양이었다. 상담 중에 자녀가 도망치면 부모는 곤란할 테니까. 하지만 난 도망치고 싶은 게 아니라 어머니가 무슨 말을 하는지 듣고 싶은 것뿐인데. 그렇게 말한다고 허락해 주지는 않겠지만.

나는 대기실에서 휴대전화나 만지작거리면서 시간을 죽였다. 재민이가 만들어 준 요약본을 휴대전화에도 보내 놓길 잘했다. 재민이가 요약해 준 문구 하나하나에 달린 주석들을 눌러 보면 해당 요약의 근거가 된 원래 자료를 볼 수 있다. 그러다 보니 좀 이상한 사실이 눈에 띄었다. 처음 봤을 때는 몰랐는데, 아버지는 어머니에 관해 아무것도 기록해 놓지 않았다. 어머니와 아버지가 대학을 졸업하고 얼마 지나지 않아서, 즉 요즘 세상 기준으로는 상당히 빨리 결혼했다고는 들은 기억이 있다. 그렇다고 해도 옛날옛적처럼 정략결혼을 한 것도 아닐 텐데, 어떻게 그럴 수가 있지? 재민이에게 질문을 던져 보았다. 재민이의 답은 명료했다.

"마지막으로 작성된 문서의 생성일은 18년 전입니다."

어쩐지 7년 전까지 쓰던 노트북이라기에는 너무 오래됐다 싶었는데, 아버지가 고장 나기 전까지 쓰던 건 아니었던 모양이었다. 생각해 보면 아버지의 휴대전화도 찾지 못했지. 전에는 막연하게 아버지의 휴대전화는 아버지가 가지고 있고, 아버지와 함께 사라져 버렸을 거라고 느꼈는데 곰곰이 따져 보면 그것도 말이 안 되는 거였다.

어머니가 가지고 있는 걸까? 하지만 나는 집 안을 샅샅이 다 뒤져봤고, 금고 같은 건 따로 없었다. 집이 아니라면 회사? 차? 어느쪽이든 내게 수색할 기회는 오지 않을 것이다. 그렇다면 할 수 있는 일은 어차피 똑같다. 생각을 바꾸는 편이 낫지. 어머니와 아버지의 일은 어머니가 알고 있을 테니, 기억이 빈자리를 채워 줄 것이다. 적어도 심리학 이론에 따르면 그랬다. '인간의 상상력은 최고의 그래픽 카드'라고 했다. 만약 어머니가 게임에 재미를 붙이게 된다면 직접 방을 더 꾸밀 수도 있겠지.

우선은 선배를 만나 보자. 상담실에서 나오는 어머니를 보며 나는 그렇게 생각했다. 어머니를 만나기 직전까지 만난 사람이니 아버지에 관해 물어볼 만한 사람 중에는 최선이었다. 그런 생각을 하면서 어머니를 봐서 그런지 어머니의 얼굴은 시체처럼 딱딱하게 굳어 있는 듯 했다. 그날 집으로 돌아오는 차 안에서 우리는 딱

한 마디만 했다.

"저녁으로 고등어 먹을까?"

"좋습니다."

20

선배의 이름을 알아내는 건 어렵지 않았다. 아버지는 일기에서 선배를 그저 '선배'라고 썼지만(재민이에 따르면 "95퍼센트의 빈도" 라고 했다), 본명을 전혀 언급하지 않은 건 아니었다. 가령 동아리 에서 선배를 만났을 때나 행사에 참여할 때, 선배는 '선배'가 아니 라 '김사랑'이라는 본명으로 불렸다. 처음에는 그게 아버지 나름 의 애칭이라고 생각했다. 하지만 전후 맥락을 따져 보니, 그건 정 말로 선배의 이름이 맞는 것 같았다. 인터넷 검색도 내 결론을 지 지해 주었다. '이즈댓더세임페이스'는 아버지의 사진첩에 찍힌 선 배와 인터넷에 있는 '김사랑' 계정의 프로필 사진이 95퍼센트 확 률로 같은 사람이라는 결론을 내렸다. 작정하고 얼굴을 숨기는 경우가 아닌 이상 그 정도 확률이면 동일인이라고 봐도 무방하다.

김사랑. 그 이름에 정말로 사랑을 느꼈던 것 같다. 아버지를 위해 지어진 이름도 아닌데 아버지는 그 이름에 온갖 의미부여를 했다. 어쩌면 사랑에 빠진다는 건 마치 한 길드에 소속되어 공격할 수 없게 되는 것과 같은지도 몰랐다. 나 역시 그 이름이 예쁘면서도 참 특이하다고 생각했는데, 아버지도 비슷한 술회를 남겨 둔 기록이 곳곳에 있었다. 만약 언젠가 나도 사랑을 하게 된다면 이름 역시 하나의 호감 요소가 될 거라고 생각했다.

인터넷에서 사람을 찾는 건 쉽다. 처음부터 인터넷은 숨기기보다는 연결되도록 만들어졌기 때문이다. 특히 선배처럼 이름이 특이한 사람이라면 더더욱 찾기 쉽다. 선배는 SNS를 전체 공개 상태로 사용했고, 팔로워가 3만 명이나 되었다. 자기 생활을 솔직하게 올린다는 점이 매력 포인트라고 재민이는 분석했다. 나는 선배의 SNS를 통해 선배가 지금은 결혼했으며, 2살짜리 아기를 키우고 있다는 사실을 알았다.

선배를 찾아가는 건 새로운 계획이었으므로 조 아저씨에게 전화를 걸었다. 그는 마침 아파트 앞을 청소하던 중이었다며 만나서 이야기하자고 했다. 우리는 암호명을 정했던 바로 그 화단 앞에서 다시 만났다. 조 아저씨의 금발이 늦은 아침의 햇살을 받아 반짝였다. 나는 내 계획을 설명했다. 선배를 찾아가 아버지에 관해 물어 볼 거라고.

"선배가 뭐하는 사람이라고?"

조 아저씨가 물었다.

"아버지의 전 여자친구인 것 같습니다."

"그게 몇 년 전인데?"

"정확하지는 않습니다만, 20년은 됐을 겁니다."

조 아저씨는 고개를 끄덕였다.

"좋아. 그럼 제법 낭만적으로 받아들여 주지 않겠어?"

그에 용기를 얻어 바로 출발하려고 했는데, 목소리가 들려왔다.

"너, 거기서 뭐하냐?"

효종이었다. 한동안 학교에 안 나가서 잊고 살았는데, 역시 삶이란 게임처럼 접속 좀 끊는다고 해서 해결되지 않았다. 그는 심심한 차에 마침 잘 됐다는 듯 씨익 웃으며 내게 다가왔다. 옆에 있는 조 아저씨는 보이지도 않는지 평소 하던 대로 내 이마를 툭툭 건드리며 말을 붙였다.

"사회봉사라도 하는 모양이지?"

나는 대답하지 않았다. 반응은 저 하이에나 같은 녀석에게 새로운 먹잇감이 될 뿐이다. 코끼리처럼 그저 묵묵히 있어야 한다. 하지만 그것만으로 끝날 일이었다면 진작에 끝났을 것이다. 그게 문제였다.

"형님이 물어보면 대답을 해야지."

효종은 학교에서 하듯 내 어깨에 팔을 두르려고 했다. 눈을 질끈 감았다. 그러나 시간이 지나도 목과 어깨가 눌리지 않았다.

"어른을 보면 인사부터 하렴."

눈을 떠 보니 조 아저씨가 효종의 손목을 잡고 있었다. 효종은 뿌리치려고 해 보았지만 쉽지 않은지 거친 숨을 씩씩 몰아쉬었다.

"내가 늙은이는 못 때릴 줄 알고? 요즘 늙은 것들은 나이가 벼슬인 줄 알아, 아주."

효종은 정말로 발길질을 했다. 하지만 조 아저씨는 발길질을 쉽게 피하더니 손을 놓는 것만으로도 손쉽게 효종을 넘어뜨렸다.

"상대를 봐 가면서 덤벼야지, 꼬마야. 그런 건 학교에서 안 가르쳐 주던?"

"나이 먹고 경비나 하는 주제에 뭘 가르치려고 들어!"

효종은 어지러운지 비틀거리면서도 벌떡 일어나 다시 싸우려고 들었다. 그러자 조 아저씨는 화단에서 작은 돌멩이 하나를 주워서 던졌다. 그 돌멩이는 마치 강속구처럼 날아갔는데, 아슬아슬하게 효종의 목을 맞출 뻔했다. 당장이라도 달려들 기세였던 효종은 마치 석상처럼 그대로 굳어 버렸다.

"요즘 촉법 소년이라는 말이 유행하는 모양인데, 동방예의지국
이라는 말은 그것보다 더 오래됐단다. 노인이랑 청소년이 싸우면
나라에서 누구 편을 들어 줄 것 같니?"

효종은 가만히 서 있다가 삼류 악당 같은 말을 내뱉고 도망쳤
다. 그가 멀리 사라지고 나자 조 아저씨는 내 머리를 쓰다듬으며
웃음을 터뜨렸다.

"얼굴 기억해 뒀다니 만화를 열심히 보는 녀석인가 보군."

"아저씨, 괜찮으시겠습니까? 괜히 저 때문에……."

"아저씨가 아니라 에이전트 조란다. 본부에서 요원을 지원하는
건 당연한 일이지."

"저 녀석, 반드시 복수하러 올 겁니다."

"그럼 또 상대해 주면 그만이지. 울지 말렴."

조 아저씨가 내 얼굴을 문질러 주었다. 나도 모르게 울음이 터
진 모양이었다. 슬픈 이야기는 나누고 싶지 않은데.

"오늘은 집에서 푹 쉬고 선배는 내일 찾아 보자. 그게 좋은 생각
인 것 같다."

나는 에이전트 조의 말을 들었다.

집에 들어가서 컴퓨터를 켜고 마크를 다섯 번 도와주었다. 뒷골

목 양아치들을 코끼리로 짓밟고, 드래곤을 불러내 불태워 버리고, 바위에 깔리게도 했다. 악명이 50 올랐다. 반복적인 악행으로 인한 가중처벌이라고 했다. 마크의 형편은 하나도 나아지지 않았다.

21

사람 이름과 개인 SNS를 알고 있으면 그 사람이 어디에 사는지 찾아내는 건 생각보다 어려운 일이 아니다. 가장 중요한 단서는 사진이다. 만약 집에서 찍은 사진을 메타 데이터도 지우지 않고 업로드했다면 벌써 8할은 알아낸 것이다. 'EXIF'라는 이름의 메타데이터 포맷에는 사진을 찍은 날짜와 시간, 위치, 카메라 정보가 담겨 있다. 한국은 군사적인 이유로 GPS 위치 정보를 대략적으로만 제공한다. 그래도 대략 어느 건물인지 알아내는 데는 큰 무리가 없다. 선배는 뜻밖에도 우리 집에서 멀지 않은 아파트 단지에 살고 있었다.

문득 나는 아버지가 이 사실을 알았을지 궁금해졌다. 재민이에게 물어보니 그럴 것 같지는 않다는 대답이 돌아왔다. 재민이가 근거로 삼은 문구에 따르면 둘은 아주 오래전에 연락이 끊긴 모양이었고, 그 이후로 아버지의 글에 선배는 단 한 번도 등장하지 않았다.

물론 아파트를 알아냈다고 해도 어디 사는지 다 알아냈다고 할 수는 없다. 몇 동 몇 호인지까지는 메타 데이터만으로 알아낼 수 없다. 거기서부터는 풍경의 힘이 필요하다. 재민이가 선배가 집에서 찍은 사진을 모두 모아 주었다. 나는 창밖으로 특징적인 풍경이 있는 사진을 찾았다. 거실에 난 통창으로 대림아파트 104동이라는 문구가 옆으로 틀어져 보였다. 지도로 확인해 보니 그런 각도가 나올 수 있는 건 101동과 110동 두 곳이었다. 한편 베란다에서 아래를 향해 찍은 사진에는 놀이터가 보였다. 근처에 놀이터가 있는 건 110동이었다.

몇 호인지를 알아내는 작업은 조금 더 까다롭다. 저층이라면 로드 뷰를 쓸 수 있지만, 놀이터가 보이는 각도로 보아 층수가 제법 있어 보였다. 이렇게 되면 104동이 보이는 수평 각도를 단서로 쓸 수밖에 없다. 재민이의 분석에 따르자면 104동이라는 문구는 약 3도 정도 위로 틀어져 있었는데, 이렇게 사진이 찍힐 수 있는 위치는 104동이라는 문구와 수평을 이루는 층을 기준으로 아래로 네

층이었다.

그 이상을 알아낼 순 없었다. 하지만 이 정도로 경우의 수를 줄였으니 충분히 몸으로 부딪혀 볼 만했다. 나는 선배를 만나기 위해 버스를 탔다. 조 아저씨가 배웅해 주었다. 다행히 효종은 나타나지 않았다. 그래도 나는 모자를 꾹 눌러쓰고 버스에 탔다.

대림아파트 공동현관에는 전자식 도어락이 있었다. 나는 사람이 나올 때까지 기다릴까 하다가 그냥 경비를 호출했다. 게임 캐릭터처럼 생긴 동그란 카메라 옆에 빨간 불이 들어왔고, 무슨 일이냐는 경비의 목소리가 들려왔다.

"출입카드를 깜빡했습니다."

내가 말했다. 카메라 옆에 달린 스피커에서 옅은 한숨이 들려왔다.

"부모님께 연락하세요."

어린아이일 때는 잘 통하던 전략이었는데, 언젠가부터 어른들은 나를 의심의 시선으로 바라보았다. 몸은 별로 자라지 않았는데 눈빛이 달라지기라도 한 걸까. 이 아파트 경비가 보기에 나는 잠재적 효종인지도 몰랐다.

문제는 내가 그냥은 물러날 수 없다는 거였다. 내가 먼저 말을 건 이상 경비는 내가 가는지 보려고 카메라를 주시할 것이다. 그럴 때 현관이 열리는 것에 맞춰 슬쩍 들어가는 것만큼 의심을 사기 좋은 일이 또 있을까. 아파트 안의 CCTV까지 경비가 볼 수 있는지는 모르겠지만, 적어도 지난번에 조 아저씨의 관리실에서 받은 인상으로는 보려고 하면 볼 수 있을 것 같았다. 몰래 아파트에 들어가 문을 두드리고 다니는 정체불명의 중학생……. 아니 겉보기에는 초등학생이더라도…… 내가 경찰이라면 출동할 것 같았다.

나는 목소리가 떨리지 않게 힘을 주어 말했다.

"휴대폰을 잃어버렸습니다."

"몇 호 가시는데요?"

경비는 여전히 심드렁한 목소리였다. 나는 선배가 어디 사는지 몰랐다. 뭐, 안다고 해도 대답이 달라지지는 않았겠지만. 어차피 여기서는 대충 말하면 된다. 핵심은 망설이지 않는 것. 이 아파트는 딱 봐도 20층은 되니까…….

"1102호에 갑니다."

"아, 1102호요."

좋아, 믿는 건가? 그렇게 생각한 순간, 경비가 말했다.

"1102호로 연결해 줄게요."

내가 뭐라고 말할 새도 없이 통화 연결음이 들리기 시작했다. 어떻게 하지. 연결되기 전에 끊어야 하나? 하지만 그러면 더 수상하게 여길 텐데……. 고민하는 사이 연결음이 끊겼다.

"누구세요?"

여자 목소리였다. 내 얼굴을 보고 있을까? 고개를 들어도 수상해 보일 것 같았고, 숙여도 수상해 보일 것 같았다. 물론 지금 이 상황에서 나는 수상한 놈이 맞지만…… 그보다는 지금 뭐라고 말할지를 생각해야 하는데.

"여보세요."

더 생각할 시간이 없었다. 눈이 질끈 감겼다.

"…… 저예요."

나는 엘리베이터를 타고 몇 층씩 올라가며 창밖으로 보이는 광경을 체크했다. 머릿속에 코끼리가 "쿵쿵" 발걸음 소리를 내며 돌아다녔다. 천운이었다. 생각해 보면 그냥 택배나 음식 배달이라고 했으면 별 의심 없이 문을 열어 줬을 거고, 경비실에 인터폰을 할 필요도 없었을 텐데. 그러나 좋은 생각이 늘 그렇듯 그 생각은 엘리베이터에서 세 번이나 내렸을 때 떠올랐다.

아무리 그래도 "저예요"가 정말로 통하다니. 운이 좋아서 다행이었다. 언젠가 읽은 심리학 책에서 현대인들은 언제나 누군가를 기다리고 있다고 했다. 뭐 "채워지지 않는 존재의 그리움"이라고 했었나. 살펴보다가 골치 아파서 덮어둔 책이었는데, 이럴 때 기억나는 걸 보면 의리로라도 끝까지 읽어야겠다.

104동이라는 글자와 정확히 수평을 이루는 층은 19층이었다. 수색 범위는 15층에서부터 19층까지. 아파트가 한 층에 두 집 밖에 없어서 초인종을 10번만 눌러 보면 될 것 같았다. 운이 나빠도 아홉 번만 사과하면 선배를 만날 수 있을 것이었다. 다행이었다. 만약 한 층에 지네 다리만큼 많은 집이 있었더라면 나는 선배를 찾기도 전에 쫓겨났을지도 몰랐다.

22

운이 나빴다.

10번째 집의 초인종을 누르자 여자 목소리가 들렸다. 앞에 두고 가라고 하는 걸로 보아 보안 카메라로 밖을 내다보지도 않은 것 같았다. 나는 선배의 목소리가 들려온 부분에 대고 말했다. 나는 배달원이 아니라 선배를 만나러 온 사람이라고. 옅은 한숨 소리가 들렸다. 선배는 어쩌면 팬들에게 좀 시달려 온 걸까. 조금 미안해졌다. 만약 선배에게 폐를 끼치는 거라면 나는 순순히 돌아갈 용의가 있었다. 내 행동 원리는 내가 하고 싶은 대로 하되, 다른 사람을 슬프게 하지 않는 것이다. 잠깐 아기 칭얼거리는 소리만 들리던 인터폰 너머로 선배의 목소리가 다시 들려왔다.

"몇 살이니?"

"중학생입니다."

선배는 잠깐 조용하더니 다시 말했다.

"나를 찾아왔다고?"

"그렇습니다."

"왜?"

"아버지…… 때문입니다."

다시 침묵. 인터폰을 끊은 건가? 나는 문득 이게 모종의 퀴즈였나 싶었고, 그렇다면 탈락인 거라고 생각했다. 순순히 걸음을 돌리려고 할 때, 문이 열렸다.

문은 활짝 열리지 않았다. 문은 체인에 걸린 채 팔 한 짝 들어갈 정도로만 틈을 허용했다. 문틈으로 보이는 선배는 아기를 안고 있었다. 아기를 많이 본 적이 없어서 그런진 모르겠지만 내게는 아기들이 다들 비슷해 보였다. 나도 한때는 다른 이들과 다를 바 없는 저런 아기였을 텐데……. 그 시기는 기억조차 나지 않았다. 어쩌면 다르지 않기 때문에 기억할 수 없는 건지도 몰랐다. 인간은 행복을 너무 쉽게 잊어버리는 저주에 걸려 있다고, 저주법사 형이라면 말할 것 같았다.

나는 장례식장에서 몸에 익은 대로 공수인사로 꾸벅 고개를 숙였다. 선배도 인사를 받아 주었지만, 여전히 경계하는 태도로 무슨 일이냐고 물을 뿐이었다. 나는 내가 아버지의 아들이라고 소개했다. 선배는 난데없이 비밀요원을 만난 주인공이나 지을 법한 표정을 지었다. 그러다 아버지 쪽에서 모르는 친자가 찾아올 리는 없을 거라는 사실을 뒤늦게 떠올린 듯 표정을 풀었다.

선배는 다시 아버지의 이름을 물었다. 나는 다시 또박또박 말했다. 선배는 여전히 기억하지 못했다. 나는 선배가 대학 시절에 만났던 남자의 아들이라고 더 구체적으로 설명했다. 사진까지 보여 주고 나서야 선배는 아버지를 기억해 냈다. 하지만 여전히 자기를 왜 찾아왔는지는 잘 모르겠다는 표정이었다. 나는 선배에게 아버지가 완전히 고장이 났으며, 나는 아버지에 관해 더 잘 이해하기 위해 이런저런 인터뷰를 하고 다니고 있다고 말했다.

"고장 났다고?"

"돌아가셨다는 뜻입니다."

"그렇구나."

그러더니 선배는 머리를 긁적이며 "글쎄, 내가 도움이 될까?" 하고 말을 흐렸다. 품에 안긴 아기가 칭얼거려서 선배는 아이를 두세 번 정도 위아래로 흔들었다. 안으로 들어가는 게 여러모로 편할 성싶었지만, 전문가들의 말에 따르면 여성의 집에 함부로 들어

가려고 하면 여성은 그걸 위협으로 인식한다고 했다. 나는 잠자코 현관 앞에 서서 설명했다. 무슨 일이 있었고, 내가 어떤 계획을 세우고 있는지.

"힘들겠구나."

선배가 말했다. 선배는 아기에게 공갈 젖꼭지를 물리거나 중간중간 혀 차는 소리를 내면서 달랬다. 정신없는 와중에도 내 이야기를 들을 수 있다는 게 신기했다. 어쩌면 이런 걸 친절함이라고 부르는지도 모르겠다. 조 아저씨도 그렇고 선배도 그렇고, 친절하기 위해선 능력이 뛰어나야 하는 건지도 몰랐다. 마치 게임 같네. 나는 마크의 툭 불거진 광대뼈를 떠올렸다.

"팬이 많으신 이유를 알 것 같습니다. 친절한 말씀에 감사드립니다."

선배가 웃음을 터뜨렸다. 그러더니 들어와서 커피라도 한 잔 마시고 가지 않겠냐며 현관 잠금 고리를 풀고 문을 완전히 열었다. 나는 신발을 벗고 안으로 들어가면서 다시 한번 공수인사를 했다. 선배는 다시 웃음을 터뜨렸다. 정확히 왜인지는 몰라도 내가 위험하지 않다는 걸 증명한 모양이었다.

존댓말 덕분인 것 같았다. 아마도.

선배는 아기를 아기 침대에 눕히고 부엌에 들어갔다. 찬장을 뒤
져 갈색 종이봉투를 꺼내며 선배가 물었다.

"무슨 커피 좋아하니?"

"저는 커피 안 마십니다."

"왜? 중학생이라며."

"성장기에 카페인을 과다하게 섭취하면 두뇌 발달에 악영향이
있을 수 있습니다."

"그래? 나는 네 나이 때 커피 많이 마셨는데."

"왜 그러셨습니까?"

"글쎄. 빨리 어른이 되고 싶어서?"

선배는 하얀 김이 나오는 주전자를 나선 모양으로 돌리며 물을
따랐다. 어머니가 마시는 커피와 비슷한 향이 풍겼다. 그러고 보
면 아버지가 죽은 후 어머니가 커피를 마시는 걸 본 적이 없었다.

"커피를 안 마시면 코코아라도 줄까?"

"코코아는 당분과 지방이 많아서 소아 비만을 촉진합니다."

"철저하구나."

"죄송합니다."

"미안하라고 한 말은 아니었어."

우리는 한동안 대화를 나누지 않았다. 선배의 아이가 울었기 때

문이었다. 선배는 커피를 끓이다 말고 서둘러 분유를 준비했다. 아이는 계속 울었다. 그러나 운다고 분유가 빨리 끓을 수는 없었다. 선배는 조금 지친 표정으로 아이에게 천천히 분유를 먹이고 등을 두드려 트림을 시켰다. 저런 게 커서 어른이 될 수 있다니. 신기했다.

"나, 애는 처음 키워 봐. 왜 부모에게 효도하라는 말이 있는지 알겠더라."

"오래전에는 많은 사람들이 일찍 죽었다고 합니다. 1350년대 영국 통계를 보면 5명의 아기 중 한 명은 돌잔치를 못했습니다."

"똑똑하네. 커피랑 코코아를 안 마셔서 이렇게 된 거니?"

"그건 잘 모르겠습니다만, 상관관계는 있을 듯합니다."

선배는 다시 한번 웃음을 터뜨렸다. 아버지가 왜 선배를 좋아했는지 알 것 같았다. 선배라면 아버지가 코끼리 이야기를 하더라도 말을 끊지 않고 웃으면서 들어줬을 것 같았다. 물 끓는 소리가 들렸고, 선배는 잠깐 일어나 커피가 담긴 잔을 가지고 돌아왔다.

"어머니를 위해서 하는 일이라고 했지?"

"그렇습니다. 어머니를 슬프지 않게 하는 건 내 레종 데트르입니다."

나는 가슴을 펴고 말했다.

"레종…… 뭐?"

"레종 데트르. 존재 이유라는 뜻의 프랑스어입니다."

"아아, 그래. 깜짝 놀랐네."

"왜 그러십니까?"

"비슷한 이름의 담배가 있거든. 뭐 몸에 안 좋다고 커피도 안 마시는 애가 담배를 피우기야 하겠냐마는."

"담배는 뇌 기능과 성 기능에 지속적인 악영향을 끼치는 데다 중독성도 있습니다. 한 해에 담배로 거둬드리는 세금이 엄청나다고도 합니다."

"똑똑하구나. 우리 아이도 너처럼 되면 좋겠는걸."

나는 대답하지 않았다. 속으로만 아니, 닮으면 안 된다고 아이에게 속삭였다. 선배는 천천히 커피를 마셨다. 나는 종종 어른들이 세상에 대해 잘 모르면서 어떻게 사는 건지 궁금했다. 이해하지 않아도 불안하지 않은 걸까. 그게 어른이 되는 방법인 걸까.

"우유는 없고…… 분유라도 마실래?"

선배는 분유통을 흔들어 보이면서 분유가 의외로 맛있는 음료라고 말해 주었다.

"남편도 종종 탐을 낸다니까."

선배는 그렇게 덧붙이며 또 웃었다. 나는 그다지 분유를 마시고 싶지는 않았지만, 호의를 계속 거절하기가 민망해서 다시 거절하지는 않았다. 분유는 단맛이 도는 부드러운 맛이었다. 의외로 꽤 먹을 만했다. 이런 걸 먹다가 채소를 먹이려고 하니까 아이들이 채소를 먹지 않는구나 싶었다. 아니면 반대로 애초에 자꾸 단 것만 찾으니까 분유도 달고 고소하게 만든 것이거나.

내가 식탁에 앉자, 선배는 다시 아기를 안아 들고 돌아왔다. 그렇게 앉으니, 마치 겉으로는 단란한데 속으로는 아슬아슬한 가족 관계처럼 보였다.

"그래서 내게 뭐가 궁금하니?"

23

여러 질문을 생각해 갔지만, 우리는 인터뷰를 하는 것이 아니라 대화를 하는 것이었으므로, 이야기가 생각한 대로 흘러가지 않았다. 빠르게 적은 내용을 찬찬히 정리해 보니 다음과 같았다.

답변1: 내가 기억하기로는 아니었을 거야. 동아리에서 괴짜로 유명하긴 했지. 별명이 「위키피디아」였으니까. 책을 좋아하긴 했지만, 사실 책을 보기보다는 인터넷을 더 많이 했어. 그런데 나는 그가 박식해서가 아니라 말을 예쁘게 해서 좋아하게 됐어. 여유 있고 속이 깊어 보이는 사람이었지. 너희 어머니도 아마 네 아버지의 그런 점을 좋아하지 않았을까?

답변2: 그것까진 잘 모르겠네. SNS를 열심히 하는 사람은 아니었어. 데이트를 할 때 PC방에 가거나 게임을 한다고 연락이 안 되는 경우도 없었고. 내가 게임을 하지 않으니까 궁금증을 가질 이유도 없었지.

답변3: 아니, 너희 아버지가 이상한 거였지, 굳이 따지자면. 당구도 안 쳤던 걸로 알아. 몸에서 담배 냄새가 난 적도 없고. 생각해 보니까 그땐 나도 담배를 안 피웠었네.

답변4: 이 질문이 꼭 필요하니? 노코멘트하고 싶은데.

답변5: 좋아하는 거랑, 사랑하는 건 좀 다른 거야. 좋아하지만 사랑할 수는 없게 되기도 하는 게 연인 관계지. 연애는 좀 해 봤니? 요즘엔 첫 연애가 무척 빨라졌다는 뉴스를 봤어. 그렇구나. 어쨌든 내가 해 주고 싶은 말은 이거야. 네 아버지는 연애로는 잘 몰라도 결혼상대로는 아주 좋은 사람 같았어. 그때 나는 아주 젊었고, 사실 결혼을 하

고 싶은지 그렇지 않은지도 확신할 수 없었지. 만화에
많이 나오는 소꿉친구와의 결혼이라든지 하는 거, 현실
에는 많이 없으니까 만화로 그리는 거야.

답변6: 그럴 수도 있겠지. 나를 너무 미워하지 말았으면 좋겠어.

답변7: 요즘엔 그렇게 이상한 일도 아니야. 나는 아이를 위해 끊
었지만. 어머니 직업이 뭐라고 했지? 잘은 모르지만 그
럼 나만큼 심각하진 않을 거야. 이쪽 직업만큼 이 문제로
골머리 썩는 사람들도 없거든.

답변8: 도움이 되지. 그냥 자기를 위해 무언가를 해 준다는 것만
으로도 힘이 돼. 뭐랄까, 좀 감동이 있달까? 성장 스토리
같기도 하고.

답변9: 음…… 그런 쪽으로 잘 모른다니까?

답변10: 아, 몰라서 더 도움이 된다고? 그거 과찬이네. 나는 좋
은 것 같은데. 가짜라고 해도 정성이 중요한 거잖아. 종

이학 천 마리를 접어도 그 안에 정말로 마음이 담겨 있는지는 모를 일이고, 평생 사랑할 거라고 맹세하는 편지도 사실은 가짜잖아. 서로 없이는 죽을 것 같이 연애하는 애들치고 오래 가는 거 못 봤어, 나는.

답변11: 굳이 따지자면 마법사? 뭐든지 힘으로 해결하기보다는 골똘히 생각하는 편이었어. 그런데 이제 와서 보면 그거 다 겁이 많아서 그랬던 거 같아. 다치고 싶지 않았던 거지. 바보 같이.

답변12: 물건을 잘 버리지 않는 사람이었어. 그래서 노트나 일기장 같은 건 애초에 사지도 않았지. 악필이라 잘 쓰지도 않는데, 버리지도 못하니까 분명 집에 쌓일 거라고 생각했던 모양이야. 집에는 가 본 적이 없지만, 아마 여유가 있었다면 박물관이나 쇼룸처럼 꾸며 놨을걸?

답변13: 2번. 몰려다니는 건 학생 때도 좋아하지 않아. 더블데이트도 싫어했으니까, 뭐 말 다 했지.

답변14: 그럴 타입은 아니었지. 이벤트는 진짜 못했어. 어차피
　　　 못 숨기고 얼굴에 다 티가 난다는 걸 자기도 알았던 거
　　　 같은데.

답변15: 끝이니?

24

아버지의 캐릭터, 르세는 어느새 30레벨에 도달했다. 보스 사냥
과 개인 주택 콘텐츠 등 소위 만렙 콘텐츠가 모두 해금되었다. 무
기와 스킬은 이미 모두 준비해 두었다. 이제 남은 일은 그럴 듯하
게 만드는 것뿐이었다.

임시로 길드를 만들었다. 아버지는 몰려다니는 걸 좋아하지 않
았다고 하니 인원은 소박하게 넷으로만. 길드 이름은 아버지가 좋
아했다는 책의 제목《휴일》에서 따 왔다.

르세의 집에는 코끼리를 소환해 펫으로 만들었다. 코끼리 장식
품과 무기도 전시해 두었다. 코끼리가 자꾸 돌아다니면서 집안을
난장판으로 만들었다. 펫으로 만들면 어떤 동물이든 강아지처럼

행동하게 되는 시스템인 모양이었다. 어쩔 수 없이 우리는 집을 한 채 더 지어서 코끼리를 그 안에 가뒀다. 게임의 장점은 어떤 것은 아주 쉽게 부서지지만 또 다른 것은 절대로 부서지지 않는다는 것이다. 코끼리가 쿵쿵 뛰고 이리저리 뒹굴어도 집은 무너지지 않았다.

집에는 액자들을 많이 두었다. 재민이는 아버지의 많은 글을 학습했기에 아버지스러운 글을 생성해 낼 수 있었다. 나는 재민이에게 명령해 아버지가 썼을 법한 문학적인 글들을 쓰게 했고, 그것들을 액자에 끼워 두었다. 아버지의 필체가 남아 있었더라면 손글씨로 쓸 수도 있었을 텐데, 그게 좀 아쉬웠다.

마무리로는 의자나 책상, 침대 같은 집을 좀 집답게 보이게 하는 것들을 배치했다. 아버지의 젊은 시절 사진과 내가 가지고 있던 가족사진, 어머니의 사진까지 걸어 놓으니 마치 귀족 저택의 홀처럼 풍성한 느낌을 풍겼다.

제법 그럴듯하다고 생각하고 있는데, 야수 형이 한 마디 얹었다.

"뭔가 사람 사는 집 같지가 않은데."

"온라인의 저주로다."

"창문이 없어서 그런 거려나?"

길마 누나의 제안대로 창을 넣어 봤으나 그다지 나아진 것 같진 않았다. 오히려 밖에 보이는 디스토피아 때문에 분위기가 칙칙해졌다. 그런데 〈원더러지 판타지〉는 이상하게도 한 번 넣은 창을 뺄 수 있는 기능을 제공하지 않아서, 우리는 창을 커튼으로 가리는 수밖에 없었다. 웃기는 게임이었다.

길마 누나는 미안한지 멋쩍게 말했다.

"노래라도 틀어 볼까?"

"그 문제겠냐. 아무래도 생활감이 없어서 그런 거 같은데."

"생활감은 어떻게 만드는데?"

"살다 보면 자연스럽게 생기는 거 아냐?"

"내구도의 저주로다. 깽판을 치면 해결되는 저주로다."

"아, 그럴지도."

우리는 집 안을 돌아다니며 세간이 파괴되지 않을 정도로만 주먹으로 치고 발길질을 했다. 흠집들이 생기니까 확실히 좀 쓰는 물건 같아 보이긴 했다. 그러나 막상 난동을 끝내고 나니 집은 생활감이라기보다는 그냥 폭탄이라도 맞은 것 같은 꼴이 되어 있었다.

"생활감은 모르겠고, 그냥 우리만 신나게 놀았는데?"

길마 누나가 말했다.

"아무튼 재밌었으니까 된 거 아닐까?"

야수 형이 말했다.

"무지의 저주로다."

저주법사 형이 말했다.

"오늘은 여기까지만 하자. 우리 10분 뒤에 보스도 잡아야 해."

그렇게 우린 일단 이 문제를 덮어 두기로 했다. 어쨌든 제법 그
럴듯하긴 했으니까.

25

　밖으로 나와 보니, 조 아저씨가 화단 앞에 수그리고 앉아 있었다. 아파트 앞 화단은 완전히 뒤집어져 있었다. 땅은 파헤쳐져 있었고, 꽃들은 뿌리를 위로 하고 처박혀 있었다. 조 아저씨는 땅을 파고, 조심히 꽃을 파내 다시 제대로 심는 일을 반복했다. 어찌나 몰두하고 있었는지 말을 걸기 전까지는 내가 왔다는 것도 몰랐다. 처음 있는 일이었다.

　"그때 그 자식입니까?"

　"그런 것 같네. 웃기는 편지도 하나 두고 갔더군. 이름이 효종이었다니, 정말 안 어울리는데."

　"편지…… 말입니까?"

"정확히는 협박장 비슷한 거라고 봐야겠지. 글을 워낙 못 써서 무슨 말인지는 잘 모르겠지만."

조 아저씨가 꾸깃꾸깃한 종이를 내밀었다. 하얀 A4 용지에 흙이 눌어붙어 있었다. 찢어지지 않은 게 용할 정도였다. 자기 종이에까지 테러를 저지르면 읽기 힘들어지기만 할 거라는 걸 모르는 걸까? 물론 효종의 그 앞뒤 안 가리는 면모가 나를 더 두렵게 하는 거였지만.

효종은 그날 자기도 학교를 빠진 주제에 내가 학교에 나오지 않으면서 아파 보이지도 않았다면서 문제 삼겠다고 협박하고 있었다. 내가 학교에 안 나온다고 그의 삶이 불행해지기라도 하는 걸까. 아니, 그런 것보다는 자기가 나를 지배하고 있다는 감각을 느끼고 싶은 거겠지. 그리고 그날의 굴욕을 해소하고 싶은 거겠지. 그는 나와 조 아저씨가 한 패라고 신고해 버리겠다고, 어떻게든 해를 끼치겠다고 발악을 하고 있었다.

내가 아는 효종은 정말로 그럴 수 있는 인간이었다.

어떻게 해야 하지? 학교에 다시 나가는 것쯤이야 어려울 것 없는 일이다. 지가 괴롭혀 봤자 얼마나 괴롭히겠어. 고등학교까지 쫓아 오지는 않겠지. 하지만 조 아저씨는 이야기가 다르다. 한국 정서상 일단 소동이 일어나면 자리를 보전하기 어려울 것이다. 문제가 생기면 잘잘못을 제대로 가리기보다는 "논란이 있는 사람은 안 쓰는 게 맞다"는 말이나 하는 사람들이 많은 나라니까. 조 아저씨가 일자리를 잃게 할 수는 없었다.

"제가 어떻게든 해결해 보겠습니다. 일단 학교에 나가서……."

"그걸 왜 자네가 신경 쓰나? 에이전트 엘리펀트."

"그게 무슨 말씀이십니까?"

조 아저씨는 어깨를 으쓱해 보였다.

"말 그대로일세. 별문제도 아닐뿐더러 자네에겐 자네의 임무가 있지 않나?"

"잘못해서 해고라도 당하면 어떻게 하려고 그러십니까?"

머릿속에 인터넷에서 읽은 아파트 경비원들의 이야기가 떠올랐다. 아무 일도 안 하는 것 같다고 주민회의를 통해 월급을 낮췄다는 이야기. 택배를 대신 가지고 올라와 달라, 쓰레기를 대신 버려 달라, 도를 넘은 요구를 했다는 이야기. 아이들을 지켜 주기에는 너무 늙은 것 같다면서 잘라 버린 이야기……. 아무리 조 아저씨가 강하다고 해도 아파트 경비원이라는 직업이 약한 고리라는 사실은 변하지 않는다.

그러나 조 아저씨는 단호한, 아니 거의 나를 호통치는 듯한 표정이었다.

"이 정도 일로 잘리지도 않겠지만, 만약 잘린다고 해도 그건 내 선택이었네."

"만에 하나라도 이 일을 그만두게 되신다면…… 계획은 있으십 니까? 오랫동안 일하셨으니 퇴직금은 나올 테고, 실업급여와 보조 수당도 지급됩니까?"

조 아저씨가 나를 안았다. 흙냄새가 났다. 얼굴이 자연스럽게 아저씨의 가슴에 닿았다. 차가워서 깜짝 놀랐는데, 그건 내 눈물 때문이었다.

"너무 겁을 먹고 있네, 에이전트 엘리펀트. 세상은 외줄타기가 아니야. 오르막과 내리막이 있는 길이지."

조 아저씨는 그렇게 말하더니 내 고개를 돌려 화단을 보게 했 다. 꽃들이 심겨 있었다. 한 번 뽑힌 것들이었는데도 빳빳하게 고 개를 들고 있었다.

"뿌리째 뽑힌 꽃들도 다시 심으면 잘 자란다네. 확인해 보게나. 여름이 오면 더 환하게 피어날 테니."

"정말 그렇게 되겠습니까? 저 몰래 영양제와 비료를 더 주시는 거 아닙니까?"

조 아저씨가 껄껄 웃었다.

"설령 그렇게 해서 더 잘 자랐다고 해도 결론은 똑같지 않겠나?

그건 세상이 곤경에 빠진 사람을 돕는다는 뜻인데."

　조 아저씨가 다시 나를 안아 주었다. 그의 품은 아주 단단해서, 비가 많이 내리고 또 많이 굳은 땅 같았다. 땅은 부술 수 없다. 설령 거기에 철심을 박거나 파헤친다고 해도 "땅은 바뀔 뿐 땅이 아니게 되지 않는다."

　그런 글을 읽은 기억이 났다.

26

아직 가짜 편지는 유효했다. 월요일에도 어머니는 아무 말 없이 회사에 나갔다. 오늘은 컴퓨터에서 발견한 두 번째 흔적, 동아리 문집을 찾으러 아버지의 고향에 가 보기로 했다. 원래는 가 볼 필요까지는 없다고 생각했던 곳이었지만, 집을 꾸며 놓은 걸 계속 보다 보니 생각이 바뀌었다. 재민이는 좋은 분석가일지는 몰라도 좋은 작가는 아니었다.

아버지는 대학교에 가기 전까지 경기도의 한 베드타운에 살았던 것 같다. 기록에 따르면 주변에 집만 많고 놀 거리는 거의 없어서 꽤 멀리까지 나가서 놀아야만 했다고 한다. 그러나 아버지가 기록해 놓은 것 중에 현실에 제대로 남아 있는 것은 아무것도 없었다. 버스 노선은 사라지거나 바뀌어 있었고, 아파트도 재개발되어 이름과 생김새, 심지어는 층 높이와 건물 개수까지 달라졌다. 아버지가 어떤 세계에서 살았는지, 지금 와서는 거의 알아낼 수가 없었다.

아버지가 다녔던 고등학교는 남아 있었다. 언덕만 넘어가면 바로 대학병원이 나타나는 곳에 있는 학교였다. 나는 긴장했다. 학교 폭력의 진정한 시작은 고등학교라고 했다. 아버지가 별문제 없이 학창시절을 넘겼다고 해서, 나까지 그러리라는 보장은 없다. 그런 건 유전되는 형질이 아니고 이미 내 삶에서 증명되고 있다. 게다가 나는 이제 막 중학생이 되었고, 외견상으로는 초등학생이나 다름없다. 고등학생에게는 아주 먹음직스러운 먹잇감일 것이다. 그나마 학교 입구에서부터 담배 냄새가 나지 않아 조금 안심했다.

학교에서 찾아야 하는 것은 명확했다. 나는 아버지가 했다는 문예 동아리의 기록을 찾아 보고 싶었다. 아버지는 적어도 두 개 이상의 문집을 발간했다. 아버지가 1년 동안 부회장을 했으니 적어도 1년 반 동안은 활동했을 것이다. 아버지는 소설을 썼다고 했다. 훌륭한 소설을 복간하거나 발굴하는 건 출판사들이 늘 해 오고 있는 일이니, 어쩌면 아버지의 소설이 출판될지도 모른다. 나는 카

프카와 윤동주의 이름을 떠올렸다. 그들의 글 역시 다른 사람에 의해 발굴되어 불멸의 명성을 얻었다.

학교에 들어가 경비 할아버지를 찾았다. 어느 공동체든 그곳에서 가장 시간을 오래 보낸 사람이 가장 현명한 법이다. 경비 할아버지는 작은 굴뚝처럼 생긴 경비실에 앉아 라디오를 듣고 있었다. 나는 학교 쪽으로 난 창을 두드렸다. 할아버지는 천천히 눈을 뜨고 주변을 둘러보았다. 나와 눈을 마주치자 할아버지는 미닫이창을 열고 고개를 내밀었다. 눕힌 S자로 생긴 주름이 몇 줄이나 있어서 꼭 하회탈이라도 쓴 것 같았다.

"무슨 일이니, 얘야."

"아버지 때문에 왔습니다."

"아버지?"

할아버지는 헛기침을 했다. 하회탈처럼 보이던 얼굴이 빨래집게로 집은 것처럼 쫙 펴지면서 어쩐지 하얗게 변했다.

"남자 선생 중에 결혼한 사람은 없는데. 혹시 다른 학교랑 착각한 거 아니니?"

"아닙니다. 아버지는 문예 동아리 활동을 했습니다."

"그러니? 잠깐만 기다리렴."

할아버지는 전화기를 들고 잠깐 고민하더니 미닫이창을 닫았다. 창이 닫히자 할아버지가 안에서 무슨 얘기를 하는지 잘 들리지 않았다. 나는 입 모양으로 할아버지의 말을 띄엄띄엄 추측해 보았다.

"예……. 초등학생 아니면…… 돌리라고요? 하지만…… 보자는…… 아직…… 그럼…… 예…… 좋습니다."

할아버지는 수화기를 놓고 한동안 책상을 두드리며 허공을 올려다보았다. 내가 알기로 그건 담배를 피우고 싶다는 뜻이어서 나는 미닫이창에 대고 담배를 피워도 된다고 손 모양을 만들어 보였다. 할아버지의 얼굴이 좀 더 하얘지는가 싶더니 미닫이창을 열었다.

"잠깐만, 얘야."

할아버지는 그렇게 말하고는 자리에서 일어나 굴뚝 뒤로 나갔다. 나는 내가 훌륭한 배려를 했다는 생각에 뿌듯했으나, 할아버지는 담배를 피울 새도 없이 곧바로 내게 다가왔다.

할아버지는 나를 학교로 이끌었다. 나는 할아버지를 따라 걸었다. 수업 시간인지 이런저런 소음이 교실에 갇힌 채 들썩거렸다. 전체적으로 어둑어둑했고 서늘한 기운이 감돌았다. 복도 난방을 해 주지 않는 것 같았다. 우리가 도착한 곳은 교무실이었다. 교무실 안은 눈이 시리도록 밝았다. 선생 몇몇이 커피를 마시거나 이런저런 한담을 나누며 쉬고 있었다. 나는 할아버지를 따라 그들에게 꾸벅 인사를 했다. 할아버지는 나를 끌고 교무실 끝에 있는 교장실에 들어갔다. 안에는 머리를 모차르트처럼 뽀글뽀글하게 볶은 할머니가 나무 책상 뒤에 앉아 있었다. 할머니가 일어나 우리에게 다가왔다.

"이 아이인가요?"

"네."

"초등학생이라고 했죠?"

"네, 이 시간에 찾아 올 수 있는 건 아무래도……."

"중학생입니다."

내가 끼어들자 잠깐 정적이 흘렀다. 할머니가 "큼큼" 목을 고르더니 다시 말을 시작했다.

"알겠습니다. 같이 계시겠어요?"

"네, 그게 좋겠죠?"

교장은 소파를 가리켰고, 할아버지는 소파에 앉았다. 나는 아직 자기소개를 하지도 않은 상태였기 때문에 그대로 서 있었다. 할머니가 말했다.

"안녕, 내가 교장 선생님이란다. 오해해서 미안해. 너는 이름이 뭐니?"

"민형이라고 합니다. 교장 선생님께서는 성함이 어떻게 되십니까?"

"나는 명자라고 한단다. 자리에 앉으렴. 차 좋아하니?"

교장은 커피포트의 버튼을 누르며 내게 물었다. 나는 고개를 저었다.

"카페인 들어 있는 건 안 마십니다. 그래도 감사합니다."

"그렇구나. 그럼 물 줄까?"

"예."

나는 자리에 앉았고, 교장은 머그잔에 수돗물을 따라 내 앞에 놓았다. 학교에서는 정수기를 쓰면 안 된다는 법이라도 있는 걸까? 나는 우리 학교 급수대의 물도 맛이 이상해서 마시지 않는데, 이곳도 수돗물을 쓰는 걸 보니 별 차이는 없을 것 같았다.

나는 물에 손도 대지 않았다. 다행히 교장도 마시라고 눈치를 주지는 않았다. 교장은 두 명분의 커피를 타서 하나는 자기 앞에, 다른 하나는 경비 할아버지 앞에 두었다. 경비 할아버지가 감사하다고 말했다. 나는 교장이 커피믹스 봉지를 숟가락처럼 잡고 커피를 타는 게 마음에 걸렸지만, 그냥 가만히 있었다. 할아버지와 나란히 커피를 한 모금씩 마신 후, 교장이 말을 꺼냈다.

"아빠를 찾으러 왔다고?"

나는 고개를 끄덕였다. 교장은 말을 할 때 상대와 눈을 맞추는 사람이었다. 그건 상대의 호감을 사면서 당당한 사람이라는 인상을 주는 가장 기본적인 방법이라고, 한 심리학 책에서 읽은 적이 있었다. 그러나 나는 교장에게 호감을 느끼기는커녕 조금 움츠러들었다. 나이 차이가 너무 많이 나서 그런지도 몰랐다.

"아빠 이름이 뭐니?"

"고상혁입니다."

교장 선생은 고개를 갸웃거리더니, 휴대전화를 꺼내들고 뭔가를 입력했다. 그러고 나서 다시 고개를 갸웃거렸다.

"그런 이름의 학생은 없는데? 뭔가 착각한 거 아니니? 이 동네에는 고등학교가 세 곳이나 있단다."

교장도 그렇고 경비 할아버지도 그렇고 자꾸만 내가 뭔가 착각했을 거라고 생각하는 걸 보니, 중학생이라는 내 말을 믿지 않는 것 같았다. 나는 그들이 내 말을 차근차근 들어줄 거라는 기대를 버리고 그냥 원하는 바를 말했다. 다소 엉성한 분위기 덕분에 겁은 나지 않았다.

"문예 동아리 한담의 문집을 보고 싶습니다."

교장과 할아버지는 잠깐 에러에 걸리기라도 한 듯 가만히 있다가 일제히 웃음을 터뜨렸다. 그들은 "과연 과연", "그럼 그렇지" 같은 감탄사를 내뱉으며 웃었다. 갑자기 소리가 공간을 꽉 채우면서 엉성한 긴장감이 날아가고 공기가 부드러워졌다. 교장이 다시 내게 눈을 맞춰 왔는데, 이제는 부드럽고 호감이 가는 느낌이 들었다.

"그러니까 아빠가 예전에 이 학교를 다녔다는 말이지?"

"예. 아버지가 예전에 남긴 글을 보고 싶습니다."

교장은 잠깐 기다리라고 하더니 교장실 밖으로 나가서 젊은 여자 선생 하나를 데리고 들어왔다. 그 사람이 국어 선생이자 예술 분과 동아리 책임자라며 그 사람에게 물어보라고 했다. 국어 선생은 어머니보다도 나이가 어린 것 같았다. 우리 학교 선생들은 전부 나이가 많아서, 교사가 되기 위해서는 어느 정도 나이를 먹어야 한다고 생각하고 있었는데, 오해였던 모양이다.

나는 국어 선생에게 앞서 했던 말을 다시 했다. 문예 동아리 문예지 〈한담〉에 실린 글을 보고 싶다고. 하지만 국어 선생은 그런 동아리는 지금 학교에 없다고 했다. 나는 그럴 리가 없다고, 재민이에게 부탁해 아버지가 작성한 이런저런 기록들의 스크랩을 보여 주었다. 선생은 잠깐 갸웃거리더니 혹시 아버지가 몇 년 전에 이 학교에 다녔는지 물었다. 나는 연도를 검색해 보여 주었다. 선생은 알겠다는 듯 고개를 끄덕였다. 선생에 따르면 공립학교 선생들은 몇 년 간격으로 다른 학교로 옮긴다고 했다. 자기가 이 학교에 온 것은 5년 정도밖에 되지 않아서 그전 일은 잘 모르고, 자기가 왔을 때는 이미 한담은 없고 생성형 AI 동아리밖에 없었다고 했다.

"도움이 못 돼서 미안해."

국어 선생이 내 머리를 쓰다듬었다. 어머니의 손길이 생각났다. 어머니는 아침에 나를 깨울 때면 머리를 힘차게 헝클어뜨리곤 했다. 지금은 그렇게 해 주지 않는다. 좀 유치하다고 생각해서 싫어했는데, 이상하게 그 사실을 생각하니 눈물이 찔끔 나왔다. 하지만 눈물로 원하는 걸 얻는 건 좋은 방법이 아니다. 나는 힘차게 숨을 들이마셨다. 중요한 건 방법을 찾는 것이다.

내가 말했다.

"한담이 사라지고 새로운 동아리가 생겼다면, 그 동아리가 쓰는 동아리방이 한담이 쓰던 곳이 아니겠습니까?"

국어 선생은 턱을 문질렀다.

"그럴 수도 있겠지."

"혹시 그 동아리방에 가 봐도 괜찮습니까? 거기서 문집을 못 찾으면 그만 귀찮게 굴겠습니다."

국어 선생은 잠깐 뜸을 들이더니 교장을 향해 고개를 돌렸다.

교장은 고개를 가만가만 끄덕였다. 눈도 감고 있어서 조는 건지 괜찮다는 승인의 의미인지 알기 어려웠다. 어쨌든 국어 선생은 자리에서 일어났다. 나도 자리에서 일어났다.

"같이 가 보자. 대신 한 가지 약속해야 해."

"뭡니까?"

"네가 뭘 건드리면 안 돼. 내가 꺼내 주는 것만 확인하는 거야. 알겠지?"

나는 왜 그러냐고 묻고 싶었지만, 가슴에 힘을 주고 참았다. 일이 좋게 돌아갈 때는 군소리를 하지 않는 게 좋다. 그건 내가 학교생활을 통해 배운 몇 안 되는 교훈이었다.

국어 선생을 따라 계단을 두 층 오른 다음 건물 끝으로 갔다. 거기에는 다른 교실과는 달리 밝은색의 문이 달린 교실들이 쭉 늘어서 있었다. 생성형 AI 동아리라는 '생아이'는 그중에서도 맨 끝에 있었다. 안에는 두꺼운 모니터를 달고 있는 컴퓨터 여러 개가 벽에 붙어 있었다. 벽에는 AI로 그린 티가 많이 나는 이런저런 캐릭터 일러스트들이 붙어 있었다.

나는 문 앞에서 기다렸고 선생 혼자서 동아리방 안을 뒤졌다. 수색에는 오랜 시간이 걸리지 않았다. 동아리방에 남아 있는 종이는 하나도 없었다. 모두 표면이 매끈한 기계와 기계와 기계들뿐이었다. 선생이 내게 돌아와 어깨를 으쓱해 보였다.

"아무래도 없는 것 같구나."

"제가 한번 찾아보면 안 되겠습니까?"

나는 이대로 물러날 수만은 없어 그렇게 물어보았다. 하지만 선생은 단호히 고개를 저었다.

"네가 보고 싶다고 다른 사람의 것을 멋대로 뒤져서는 안 돼."

27

또다시 어머니와 상담을 받으러 갔다. 일주일은 순식간이었다. 나는 어머니가 나를 이용하고 있을 뿐이라는 걸 알았다. 정말로 상담사에게 가고 싶은 사람은 어머니이고, 나는 어머니의 핑계에 불과하다. 아니, 어쩌면 어머니는 내가 아버지의 죽음에 대해 자기만큼 슬퍼하지 못한다는 사실이 마음에 들지 않아서, 상담사를 통해 내게 슬픔을 가르치려고 하는 건지도 몰랐다. 어느 쪽이든 나는 어머니에게 이용당할 용의가 충분히 있었다.

상담사는 언제나와 같이 웃는 얼굴로, 그래서 하나도 진심처럼 보이지 않는 표정으로 나를 맞았다.

"그래, 아직 좀 혼란스러울 수도 있지. 이해한단다."

대체 뭘 이해한다는 겁니까? 나는 하나도 슬프지 않습니다. 내가 슬프다면 그건 아버지가 죽어서가 아니라, 어머니가 슬퍼하고 있기 때문입니다. 나는 그렇게 말하지 않았다. 그 대신 코끼리에 관해 생각했다. 코끼리 무리에는 독특한 특성이 있다. 가장 건장한 코끼리들이 바깥에 서고 어린 새끼나 늙은 코끼리, 약한 코끼리는 무리 한가운데 넣어 보이지 않도록 한다. 그러면 코끼리 떼를 노리는 동물들은 그 코끼리 떼가 실제로 얼마나 강하거나 약한지 알 수 없고 쉽사리 덤벼들지 못하게 된다. 싸우지 않고 이기는 것이 가장 현명하다는 병법 서설의 교훈을 코끼리들은 이미 본능적으로 알고 있는 것이다.

나를 파고들어 오려는 것들, 헤집어 놓으려는 것들. 그것들을 피해 마음 속 코끼리 무리는 열심히 뭉쳐 다녔다. 그러고 보면 상담사는 꽤 고양잇과 동물을 닮았다. 약간 살집마저 있어서 사냥에 아주 능할 거라는 인상마저 풍겼다. 그것들은 세간에 알려진 것과는 달리 직접 사냥은 거의 하지 않고 죽거나 지쳐 쓰러진 동물을 먹는 시체 사냥꾼에 가깝다. 상담사처럼 계속 얼굴을 비추고 존재감을 내뿜어 사냥감이 지칠 때까지 기다리는 것이다. 끈질기게 따라다니면서.

"듣고 있니?"

상담사가 얼굴을 훅 들이댔다. 손가락을 딱딱 튕기거나 손뼉을 치는 등의 행동만 하지 않으면 다 괜찮다고 믿는 듯 했다. 나는 그녀가 하는 말을 하나도 듣지 못했지만 그냥 들은 척 고개를 끄덕였다. 그녀는 노트에 또 뭔가를 빠르게 끄적였다. 어쩌면 내게 가벼운 실어 증상이 있다고 판단하고 있는지도 몰랐다. 그런 오해는 그런대로 나쁘지 않았다. 상담사가 정말로 어머니에게 아무 말도 하지 않는다면.

"중요한 건 네가 정말로 어떻게 느끼고 있는지란다. 우리가 서로에게 마음을 열고 솔직하게 말하는 게 중요해."

"저는 솔직한 게 뭔지 잘 모르겠습니다."

"솔직한 건 네가 느끼는 대로 말하는 거야. 연습 좀 해 볼까? 지금 네 기분은 어떻니? 떠오르는 대로 말해 주렴."

"그냥 그렇습니다."

"그냥 그런 건 기분이 아니란다. 그건 어떤 기분에 관한 네 평가지. 너는 똑똑하니까, 그 둘이 어떻게 다른지 이해하지?"

"예, 이해는 합니다. 하지만 생각하지 않고 느끼기만 하는 건 저한텐 불가능한 일입니다."

"왜 그렇다고 생각하니?"

"감정도 생각 아닙니까? 이런저런 생리적 반응의 결과물을 두

뇌가 감정이라고 해석하는 것뿐입니다."

"일리 있는 말이로구나. 그럼 이렇게 표현을 바꿔 볼까? 논리적인 생각과 감각적인 생각을 구별해서, 감각적인 생각을 말해 주는 거야."

"그건 말 바꾸기에 불과합니다."

"원래 말과 마음은 어떻게 받아들이느냐에 따라 의외로 쉽게 바뀔 수도 있는 거란다."

나는 어쩐지 그 뒤에 '너는 아직 어려서 잘 모르겠지만'이라는 말이 생략된 것 같다는 느낌이 들었다. 공격적 반응은 자신이 만만치 않다는 걸 드러내는 가장 효과적인 수단 중 하나다. 동물의 울부짖음, 할퀴거나 갑자기 튀어 나가는 것.

"제 생각들이 별것 아니라는 말처럼 들립니다만."

"그런 말이 아니란다. 정말로 생각하기 나름이라는 뜻이지."

아직 시간은 20분이나 남아 있었다. 내가 그 시간을 견디는 걸 끔찍이 여기는 것처럼 박사도 그 시간을 어떻게 보내야 할지 만만찮은 고민을 해 온 게 분명했다. 대놓고 게임을 하자고 제안할 정도였으니 말이다.

"카드를 보고 떠오르는 대로 말하는 거야."

박사는 카드를 아주 능숙하게 섞어 내려놓았다. 형태가 불명확

한 그림자 같은 것이 그려져 있었다. 나는 그중 한 장을 뽑았다.

"두 귀를 펄럭이고 있는 코끼리."

내가 말하자 박사가 카드를 거두면서 말했다.

"답은 한 단어로 해야 해."

"떠오르는 대로 말하라고 했잖습니까."

"그렇다고 규칙이 없다는 뜻은 아니란다."

그러고 나서는 카드를 한동안 물끄러미 쳐다보다 그 카드가 왜 코끼리로 보이냐고 물었다.

"답이 있는 게임이었습니까?"

"그런 건 아니지만, 사람들이 흔히 하는 말과 그렇지 않은 말이 있지."

나는 타원 모양으로 뻗은 두 문양이 코끼리 귀처럼 보였다고 설명했다. 박사는 만족스러운 듯 고개를 주억거렸다.

"코끼리를 좋아하니?"

나는 고개를 끄덕였다.

"아버지도 코끼리를 좋아했니?"

"그런 것 같습니다."

박사는 더 묻지 않았지만, 노트에 뭔가 제멋대로 적었다. 아버지에 대한 그리움을 코끼리를 통해 해소하고 있다는 둥의 말이겠지.

박사가 다음 카드를 내려놓았다. 그건 형태만 남은 가족사진처럼 보였다. 슬슬 박사의 전략이 무엇인지 알 것 같았다. 나는 그녀가 대화를 발전시키지 못할 법한 단어를 골랐다.

"블랙홀."

박사는 이번에도 일단은 고개를 주억거린 다음 왜 블랙홀이 생각 나는지 물었다. 나는 어깨를 으쓱해 보였다. 이것으로 얘기를 마무리 짓고 싶었다. 이건 바보 같은 게임일 뿐이다. 나를 아무리 괴롭혀 봤자 어머니의 슬픔이 사라지는 건 아니다. 뭔가를 하고 싶으면 바로 그 뭔가를 해야 한다. 어머니의 문제는 어머니와 해결해야지 나를 통해 해결할 수 있는 게 아니다. 하지만 박사는 게임에 도가 튼 카지노 딜러라도 되는지 능숙하게 다른 질문을 던졌다.

"사람들은 이 그림을 보면 일반적으로 가족을 떠올린단다. 혹시 가족과 블랙홀 사이에 어떤 연관성이 있다고 느끼니?"

그건 멍청한 질문이었다. 이 세상 어느 단어든 두 개를 던지고 둘 사이에 연관이 있냐고 물으면 적어도 두세 개 정도는 어렵지 않게 찾아낼 수 있을 것이다.

"날 바보 취급하지 마십쇼."

"바보 취급하는 게 아니라, 널 조금 더 이해하고 싶은 거란다."

나는 한숨을 한 번 크게 내쉬고 말했다.

"블랙홀과 가족 사이에는 적어도 4개의 공통점이 있습니다. 둘 다 원자로 이루어져 있고, 중력의 지배를 받으며, 안에 있으면 이리저리 뒤섞이거나 자리를 바꾸기도 하고, 일부가 사라지거나 생겨나기도 합니다. 계속하기를 원합니까?"

박사는 전혀 화가 난 것처럼 보이지 않았다. 내가 의도적으로 자기 게임을 망치고 있다는 건 심리 상담학 박사까지 한 사람이니 이미 충분히 알고도 남았을 텐데, 포식자의 엄청난 인내력이었다. 과연 살아 있다는 것은 살아남을 자격이 있다는 의미다. 세렝게티에서 그건 언제나 참이다.

게임은 내가 이겼다. 박사는 아무것도 알아 내지 못했다. 내가 방에서 나오자 이번에는 어머니가 박사의 방에 들어갔다. 나는 처음으로 모든 게 부풀어 오른 대기실 안에 홀로 남겨졌다. 카운터를 보니 급한 일이 있으면 연락하라는 말이 적힌 전화번호 팻말이 세워져 있었다. 기회였다. 나는 조심스럽게 문에 다가가 귀를 댔다.

"……괜찮은가요?"

"아버지…… 인정하지…… 같아요."

"······좋을까요."

"빨리 회복······ 서두른다고······ 여유를 가지는······."

"학교에······."

"갈등을······."

"뭐 하러 어디에······ 모르겠지만······."

"약물 치료로······ 어머님께서 대화를······."

"말하려고 하지를 않는다고요!"

나는 깜짝 놀라 숨을 참았다. 혹시라도 들킬까 봐 소파로 돌아가 그대로 쿠션에 파묻혀 잠자는 척을 했다. 때마침 문이 열리고 접수 직원이 돌아왔다. 소파 옆에 놓인 커다란 화분이 소심하게 흔들렸다. 접수 직원은 대기실을 한 번 쓱 둘러보더니 자리에 앉아 컴퓨터를 조작하기 시작했다.

28

캐릭터를 보여 주는 걸 더 미룰 수는 없었다. 어머니의 상태가 갈수록 심각해지고 있다는 건 명백했다. 숙제 시행일은 수요일 저녁으로 정해졌다. 어머니가 가장 일찍 퇴근하는 날이었다. 길마누나와 저주법사 형, 야수 형 모두 게임에 접속해 있기로 했다. 어머니가 르세 캐릭터로 로그인해 들어 오면 바로 반겨 주기로 말을 맞춰 두었다. 더 자연스러운 연기를 위해 내가 알아낸 아버지에 관한 것들도 모두 알려 주었다.

어머니는 예상대로 저녁 7시 반에 집으로 돌아왔다. 도어락 비밀번호를 누르는 소리에 그만 심장이 멎는 줄 알았다. 도망치면 안 돼. 준비한 계획대로만 하는 거야. 나는 미리 짜 놓은 시나리오를 떠올렸다. 어머니가 돌아오면 (평소와 달리) 바로 현관으로 뛰쳐나가 마중하기. 무언가를 발견했다고 말하고, 어머니를 컴퓨터 앞으로 끌고 오기. 아버지가 하던 게임과 캐릭터를 발견했다고 말하기. 로그인하면 캐릭터는 집 안에 있다. 그때 바로 말을 걸어 주는 길드원들. 어머니를 레이드로 이끄는 건 길마 누나가 알아서 해 줄 것이다. 나는 뒤에서 어떻게 조종하는지만 알려 주고 도와주면 된다. 그래, 그렇게 어머니를 앉아 있게 하는 거다. 울다가 숨이 막히지 않도록.

평소와 달리 현관으로 뛰쳐나가 마중하기 — 성공.

어머니는 예상치 못한 상황에 놀란 것 같았다. 바로 내게 무슨 일이 있냐고 물어 왔다. 덕분에 자연스럽게 말을 꺼낼 수 있었다.

무언가를 발견했다고 말하고 어머니를 컴퓨터 앞으로 끌고 오기 — 성공.

어머니는 내 방 컴퓨터에 앉아 가방을 옆에 내려놓았다. 자연스럽게 마우스와 키보드를 잡는 폼이 어쩌면 내가 게임을 알려 줄 필요가 없을지도 모르겠다는 생각이 들었다. 내가 마우스를 흔들어 절전 모드를 풀었다. 어머니는 무슨 비밀번호가 이렇게 기냐고 말했다. 농담인 것 같았는데, 목소리가 진지했다.

아버지가 하던 게임과 캐릭터를 발견했다고 말하기 — 성공.

나는 마치 나 스스로도 처음 접속해 보는 것처럼 〈원더러즈 판타지〉 홈페이지에 들어갔다. 검색하던 중에 찾아냈다고, 이 게임에 아버지가 쓰던 아이디와 비밀번호를 그대로 쓰는 캐릭터가 있다고 능청을 떨었다. 이거 보라고 말하면서 자연스럽게 로그인.

캐릭터는 집 안에 있다 — 성공.

웅장한 음악이 깔리면서 게임 이름이 뜬 다음, 카메라가 이동해 바로 르세를 비추었다. 르세는 이전에 꾸며 놓은 바로 그 집에 있었다. 코끼리와 액자 안에 들어 있는 글. 어머니와 찍은 사진들. 누가 봐도 아버지의 캐릭터였을 터인데.

"이게 뭐니?"

어머니의 목소리에는 감동이나 놀라움이 아니라 꾹 누른 듯한 질타가 담겨 있었다.

"아버지의 게임 캐릭터입니다."

"거짓말하지 말고. 정말로, 이게 뭐니."

그때 바로 말을 걸어주는 길드원들 — 성공.

길마 누나가 쾌활한 목소리로 말을 걸었다.

"르세 님, 정말 오랜만이에요! 게임 그만두신 줄 알았어요. 잘 지내셨어요?"

나는 더듬더듬 설명했다.

"게임에 길드 시스템이 있는 모양입니다. 아버지와 함께 게임을 했던 동료가 반가워서……."

"네 아버지는 게임 같은 거 안 했다."

이쪽에서 아무 반응도 없자 길마 누나가 다시 말을 걸어왔다. 어머니는 스피커 볼륨을 0으로 만들어 버렸다. 모니터 너머에 애써 꾸며 놓은 아버지의 방이 있었지만, 어머니는 나와 내 방만 봤다.

"네가 만든 거지? 그렇지?"

어머니가 내 어깨를 잡았다. 세상이 빙글빙글 도는 것 같았다. 뭐라고 대답해야 하지? 어머니를 슬프지 않게 하는 건 이미 실패했나? 그럼 차라리 솔직하게? 하지만 그럼 내가 한 거짓말은? 도대체 왜 이렇게까지 화를 내는 거지?

어머니가 한숨을 쉬었다.

"학교도 안 나가고 뭘 하고 있나 했더니. 이런 거였어?"

내가 대답하지 못하는 사이, 어머니가 계속 말했다. 말과 말 사이에 견디기 어려운 정적이 있었다. 뭐라도 말해야 한다는 걸 알았지만, 무슨 말을 하든 그게 최악의 결과로 이어질 것만 같아서 입이 떨어지지 않았다.

"내가 이런 걸 바란다고 했니?"

어머니가 말했다.

"도대체 널 어떻게 이해해야 할지 모르겠다."

어머니가 말했다.

"도대체 뭐가 문제니? 뭐라고 말 좀 해 보렴."

어쩌면 나는 이렇게 말해야 했는지도 모른다. 저는 그냥 어머니가 괜찮으시면 좋겠습니다. 어머니가 걱정됩니다. 하지만 그렇게 말하는 게 정답이었을까? 그 말을 들으면 어머니는 억지로 괜찮은 척하기 위해 더 힘들어지지 않을까? 베개에 얼굴을 더 깊이 파묻고 울지 않을까? 정말로 숨이 막혀 버리지는 않을까?

결과를 예측할 수 없는 말은 하고 싶지 않았다.

"응? 말을 좀 해 봐. 넌 어떻게 이런 점까지 아버지랑 똑같니?"

저는 아버지에 관해 잘 모르겠습니다. 조금 알겠다고 생각하기도 했지만, 사실은 아무것도 모르는 것 같습니다. 왜 제게 화를 내시는 겁니까? 저는 노력했을 뿐입니다. 등에 엎혀 있을 때는 가만히 있는 게 도와주는 겁니까? 짐덩이가 버둥거려 봤자 힘만 더 들 뿐입니까?

"숨 막힌다, 얘. 할 말 없으면 갈게."

어머니는 나와 나의 세계와 내가 만든 아버지의 방을 놔두고 방에서 나갔다. 1시간이 지나 있었다. 스피커를 켜 보니 길마 누나는 여전히 말을 걸어대고 있었다. 자기도 잘 모르는 아버지에 관한 이야기에 살을 붙이다 보니, 이야기는 거의 판타지로 흘러가고 있었다.

나는 키보드를 두드렸다.

"다 끝났습니다."

29

그날 밤, 우리 숙제 팀은 모닥불을 가운데 두고 모여 앉았다. 이 게임은 좀 이상해서 모닥불 앞에 둘러앉으려면 적어도 한 명이 기타를 연주할 줄 알아야 했다. 저주법사 형의 캐릭터가 기타를 연주했다. 당장 여행이라도 떠나야 할 것 같은 경쾌한 곡이었다. 그런 곡이 울려 퍼지는 와중에 어머니와 있었던 이야기를 하려니 느낌이 이상했다.

"결과적으로는 상황이 악화된 거 같다는 거지?"

길마 누나가 말했다.

"그렇습니다. 어머니는…… 저를 지독하다고 생각하는 것 같았습니다."

나는 떨리는 손으로 그렇게 쳤다. 그런데 놀랍게도 누나와 형들은 크게 놀라지 않는 것 같았다. 역시 그런가, 아무래도, 하는 식으로 반응할 뿐이었다.

"좋은 계획인 것 같다고 하지 않으셨습니까?"

"뭐 좋은 계획이 다 성공하는 건 아니거든. 부모랑 관련된 거라면 특히."

야수 형이 말했다.

"야, 그리고 우리도 무단결석하면서 준비하는 줄은 몰랐지. 걱정할 만해. 그러면."

"그렇게까지 말할 건 없는 저주로다."

"그래도……. 솔직히 어머니도 자기를 위해 그랬다는 것까지 모르지는 않으실걸?"

길마 누나였다.

"잘 모르겠습니다."

"아니야. 너 좋자고 한 일이 아니라는 것쯤은 당연히 알지. 그럼 누굴 위해 그랬겠어."

길마 누나는 그렇게 이야기를 시작했다.

길마 누나는 부모와 사이가 좋지 않았다. 길마 누나는 뭐든지 사사건건 간섭하는 부모가 답답했고, 그래서 성인이 되자마자 도망치듯 독립해 집을 나갔다. 대학에 다니는 동안 부모에게 학비를 지원받으면서도 본가에 가는 건 반년에 한 번 정도였다. 집에 갈 때마다 부모의 사사건건 잔소리를 들으며 역시 집에서 나오길 잘 했다는 생각을 했다.

사건은 그러던 중 터졌다. 길마 누나의 집은 못 사는 편이 아니었다. 아버지가 사업을 했으니 군이 따지자면 꽤 잘 사는 축이었다. 그러나 아버지가 동업자에게 중요한 순간에 배신을 당할 것은 예상할 수 없었다. 사업은 마치 도미노가 무너지듯 무너져 내렸고, 길마 누나는 더 이상 학비와 용돈을 지원받을 수 없었다.

'마음의 여유는 곳간에서 나온다'고 했던가. 집이 무너지자 길마 누나의 부모는 집으로 들어오라고 닦달을 해 댔다. 길마 누나는 이런저런 핑계를 대다가, 전화를 받지 않다가, 나중에는 연을 끊을 각오까지 하고 본가에 갔다. 그러나 본가에 갔을 때 길마 누나의 어머니가 처음 한 말은 이거였다.

"네가 죽었을까 봐 걱정했다."

길마 누나는 잠깐 기억을 떠올리는지 말이 없었다. 여전히 분위기에 어울리지 않는 경쾌한 기타 음악이 울려 퍼지고 있었다.

"내가 왜 죽냐고 헛웃음을 지었어. 질 나쁜 농담인 줄 알았지. 그런데 엄마는 진심이더라고. 사람이 연락 좀 안 된다고 어떻게 죽었을 거라고까지 생각하는지……. 그 뒤로는 엄청 싸웠어. 부모한테 연락하는 거 하나 못 하냐고. 키우느라 얼마나 고생한 줄은 아냐고 하는데, 그거랑 연락이랑은 별개가 아니냐 하고……. 그런데 문득 이런 생각이 들더라. 사람은 누구나 자기 자신을 지킬 뿐이고, 아무도 다른 사람을 대신 지켜 줄 수는 없다고."

"하지만 그 이야기와 제 상황은 좀 다른 것 같습니다."

나는 곰곰이 생각해 보고 그렇게 말했다. 길마 누나는 "요 귀엽성 없는 놈"이라며 웃음을 터뜨렸다.

"글쎄, 조금만 더 들어 봐. 엄마는 계속 나한테 생색을 냈어. 그런데 계속 듣다 보니까 갑자기 열이 확 받는 거야. 엄마는 말을 하나도 가리지 않는데, 내가 왜 엄마를 배려해야 하지? 엄마는 내 감정 따위는 안중에도 없는데. 그때부터는 나도 소리 지르고 화를 냈지. 누가 태어나게 해 달라고 했나? 누가 비싼 돈 들여 키워 달라고 했나? 나한테 보상이든 효도든 뭘 바라고 한 거라면 나는 그렇게는 못 하겠다고 했지. 나는 황금 고블린 같은 게 아니라고."

"세상에. 어머님께서는…… 괜찮으셨습니까?"

"뭐, 들을 땐 뒷목 잡고 쓰러지려고 하셨지. 그런데 재미있는 게 나는 그때 부모님이랑 싸우고 오히려 더 가까워졌어. 진짜 죽이네, 호적에서 파네, 다시는 안 보네 소리를 질러댔었는데 말이야.

한 번 끝을 보고 나니까 반대로 좀 알게 된 거야. 어디까지 미워하는지. 얼굴 붉히면서 싸우는데 서로 이것밖에 미워하지 않는다면 사실은 서로를 소중하게 생각하고 있는 거구나…… 하고. 사람은 모든 걸 알 수도 없고, 모든 걸 대비할 수도 없더라. 좀 멋있는 척하고 말하자면 솔직한 것도 용기라고나 할까."

길마 누나는 자기가 말을 하고서는 쑥스러운지 저주법사 형처럼 한참을 농담이나 던져댔다. 그래서 그 말이 진심이라는 걸 알 수 있었다.

"꼰대의 저주로다."

저주법사 형이 말했고, 길마 누나는 저주법사 형에게 라이트닝 볼텍스를 갈겼다. 기타가 부서지면서 모닥불이 훅 꺼져 버렸다. 그래도 우리의 대화는 계속되었다. 모닥불도, 모닥불 덕분에 몬스터들이 접근하지 않는다는 것도 사실은 중요하지 않았다.

"아, 그러니까 중요한 건 진심 박치기라는 거잖아! 어디까지 말을 빙빙 돌릴 거야. 중학생도 아니고."

야수 형이 참다못해 소리를 질렀다.

"쟤, 중학생 맞아."

"너는 아니잖아, 너는."

"올챙이 적을 기억 못 하는 저주로다."

우리는 다가오는 몬스터들을 처리하기 위해 공격을 난사하며 대화를 나눴다. 자주 웃음이 나왔다. 망한 세상에서도 이러고 사는데 현실은 훨씬 살만 할 거라고, 90년대에 이 게임을 하던 어른들은 그런 느낌을 받았는지도 모르겠다는 생각이 들었다.

30

다시 등교하기 전 마지막 주말이었다. 어머니는 나를 데리고 아버지를 보러 갔다. 두 번째로 아버지의 무덤을 찾는 거였다. 이번 주에는 상담소가 휴무여서 우리는 평소 상담사에게 가던 시간에 출발했다.

아버지의 무덤까지는 차를 타고 1시간 반을 가야 했는데, 가는 내내 어색한 분위기가 감돌았다. 나는 어머니에게 어떻게 사과해야 할지 몰랐고, 어머니는 내게 목이 마르지는 않은지, 배가 고프지는 않은지 물으면서도 게임에 관한 이야기는 꺼내지 않았다. 답답했다. 길마 누나의 말대로 가슴을 열고 솔직하게 얘기해 볼 수 있을까? 하지만 입을 벌릴 때마다 나는 숨만 크게 들이마셨다. 용기를 내는 일에도 용기가 필요했다.

조수석에 앉은 내 손에는 작은 블루레이 디스크가 들려 있었다. 얇고 파란 플라스틱 케이스 안에 CD가 들어 있는 게 보였다. 겉에는 만화처럼 추상화된 코끼리 그림이 그려져 있었다. 영화 제목은 〈디 엘리펀트〉였다.

"아버지가 좋아했던 영화입니까?"

어머니는 고개를 저었다.

"이 영화는 아버지가 죽은 다음에 개봉했단다. 아버지가 좋아했던 감독이니까 소식을 듣고 싶어 할 것 같아서."

나는 문득 천국에도 블루레이 플레이어가 있을지 궁금해졌다. 한 유명한 목사의 말에 따르면 "천국은 모두가 행복하고 아무것도 부족하지 않은 곳"이라고 했다. 그렇다면 아무것도 부족하지 않은 곳이니까 영화 같은 건 보지 않아도 되지 않을까. 하지만 다른 한 편으로는 아무것도 부족하지 않아야 하니까, 당연히 블루레이 플레이어도 있어야만 할 것 같기도 했다. 그러나 아무것도 부족하지 않아서 블루레이 플레이어가 있다고 가정한다면, 아버지가 좋아했던 감독의 최신 영화 역시 천국에 있을 테니 우리가 직접 보여줄 필요도 없을 것이다. 따라서 가능한 유일한 설명은 다음과 같다.

행복한 사람은 영화를 보지 않고, 천국에는 극장이 없다.

좀 이상한 기분.

아버지의 무덤에는 이제 제법 풍성해진 잔디들이 더듬이처럼 튀어나와 있었다. 어머니는 양손으로 잡아야 하는 가위를 들고 잔디를 다듬었다. 녹색 바람이 불었다.

우리는 아버지의 무덤 앞에 서서 잠시 묵념하고, 한 바퀴 돌며 술을 골고루 뿌렸다. 그 다음, 어머니가 가지고 온 돗자리에 앉아 영화를 재생했다.

영화의 내용은 다음과 같았다.

코끼리 인형 하나와 같이 사는 남자가 있다. 그는 밥을 먹을 때나 잠을 잘 때나 코끼리 인형과 함께했다. 특이한 점이라면 남자가 기괴할 정도로 살이 쪘다는 점. 그는 조금만 움직여도 헉헉대며 숨을 몰아쉬어야 했고, 혼자서는 화장실도 못 갔다.

남자에게 찾아오는 사람은 한 명밖에 없었다. 거동이 불편한 남자를 위해 집안일을 도와주고, 남자를 침대에서 소파로, 소파에서 침대로 이동시켜 주는 여자였다. 여자는 남자를 걱정했고 돌보았으나, 남자는 여자에게 말도 걸지 않았다. 남자는 오직 코끼리 인형하고만 대화를 나누었다.

"릴케. 오늘도 풀만 먹는 거야. 그래, 풀이 건강에 좋지. 그래, 너 랑 같이."

"릴케. 너는 참을성이 참 좋구나. 나는 화장실이 가고 싶어. 그 래. 뭐만 먹으면 바로 가지. 어딘가 문제가 있나 봐. 사실 문제가 너무 많아서 뭐가 진짜 문제인지도 모르겠다는 게 진짜 문제인지 도 모르지."

"릴케. 이제는 아무도 시를 쓰지 않아. 심지어 나조차도. 네가 우 는 소리만이 내게는 시로 들린다."

여자는 남자가 코끼리 인형과 나누는 대화를 듣다가 남자에게 필요한 일을 해 주었다. 여자는 남자에게 짜증도 내지 않고, 표정 을 찡그리지도 않았다. 그저 굳은 얼굴로 이 모든 걸 묵묵히 받아 들여야 한다는 태도였다.

그러던 중 남자의 코끼리 인형이 사라진다. 여자가 남자를 찾 아왔을 때, 남자는 제대로 가눌 수도 없는 몸을 이끌고 코끼리 인 형을 찾느라 이미 만신창이였다. 릴케를 찾아 달라는 남자의 절규 에도 불구하고 여자는 남자를 챙긴다. 소파에 앉히고 다친 상처에 연고를 발라 준다. 남자는 코끼리 인형 타령만 한다. 그러나 여자 는 코끼리 인형을 찾아 줄 생각은 없는 것 같다. 영화가 절반쯤 진 행된 그 시점에 여자는 처음으로 입을 연다.

"무슨 소리를 하는 거니. 릴케는 처음부터 없었잖아."

그 이후로 남자는 환상에 시달린다. 코끼리 인형이 나타났다가 사라지고, 때로는 자기 스스로가 코끼리 인형으로 변해서 꼼짝도 못하기도 한다. 릴케가 보이지 않을 때, 남자는 계속 무언가를 먹는다. 먹을 수 있는 것이라면 무엇이든. 먹을 수 있는 게 없을 땐 먹을 수 없는 것까지도.

어쩌면 코끼리 인형도 남자가 무의식중에 삼켜 버린 것이 아닌가 하는 생각이 들 때쯤. 남자가 쓰러지고 응급구조대가 출동한다. 병원에서 여자의 정체가 밝혀지는데, 여자는 남자의 어머니였다. 남자가 너무 살이 찐 나머지 나이가 제대로 가늠되지 않아 발생한 반전이었다.

남자는 의식이 없는 상태로 개복 수술을 받게 된다. 뱃속에 있는 것들을 모두 꺼내야 남자가 살 수 있다고 했다. 끔찍한 장면이 나올 때, 나는 눈을 감아서 잘 보지 못했다. 어머니가 수술이 끝났다고 말해 준 다음에 나는 눈을 떴다. 의사는 남자의 뱃속에서 피투성이가 된 코끼리 인형을 꺼내 들었다. 하지만 피를 닦아 보니, 그건 릴케가 아니다. 남자가 집어삼킨 것들이 뭉쳐 그것과 비슷한 모양을 한 인형이 된 것뿐이었다.

수술이 마무리되고 남자의 배가 닫혔다. 의사는 여자에게 남자가 눈을 뜰 수 있을지, 그렇지 않을지는 확신할 수 없다고 말했다. 여자는 눈물을 흘리지 않았다. 남자 옆에 앉아서 멍하니 허공을 바라볼 뿐이었다.

영화가 끝나고, 희고 뚱뚱한 글자들이 검은 화면을 힘겹게 기어 올랐다.

아버지가 좋아하는 감독이었다고 하니, 나는 〈디 엘리펀트〉를 이해해 보고 싶었다. 그러나 영화는 그 어떤 해석도 거부하겠다는 듯 미꾸라지처럼 자꾸만 도망 다녔다. 골치가 아팠다. 어쩌면 아버지는 그냥 릴케라는 이름이 나와서 좋아하는 건지도 몰랐다.

영화 포스터에는 이 영화가 유명한 국제 영화제에서 상을 받았다고 쓰여 있었다. 항상 이런 것에만 상을 주지. 정답이 없는 게 뭐가 좋다고. 이해할 수 없는 게 뭐가 좋다고.

내 옆에서 어머니는 조용히 울고 있었다. 나는 어머니의 손을 잡았다. 하지만 무슨 말을 해야 할지 알 수가 없었다. 문득 어머니와 아버지 사이에 어떤 일이 있었는지 나는 전혀 모른다는 걸 깨달았다. 어쩌면 처음부터 내가 알아야 했던 건 아버지가 아니라 어머니에 대한 아버지였는지도 모른다. 〈디 엘리펀트〉 속 어머니가 그냥 어머니가 아니라 아들에 대한 어머니인 것처럼.

"아버지께서 이 영화를 좋아했겠습니까?"

"그럴 것 같아. 네 아버지는 한 번 좋아하기로 한 건 어지간해서는 끝까지 좋아하는 사람이었어."

"이 감독의 어떤 점을 좋아하신 겁니까?"

"아마도 취향이었겠지."

내가 고개를 갸웃거리자, 어머니는 고개를 숙이고 계속 이야기했다.

"이 감독의 영화에서는 항상 이유 없이 무언가 사라져. 그러고는 돌아오지 않지."

어머니는 갑자기 숨을 깊이 들이쉬고, 계속 말했다.

"마치 자기가 어느 날 갑자기 사라져 버릴 때를 대비해 연습시키기라도 하는 것처럼."

우리는 블루레이 플레이어를 정리하고 한동안 자리에 앉아 있었다. 우리는 무덤이 아니라 무덤의 반대편을 보았다. 산 중턱에서 내려다보는 마을에는 버려진 논과 밭이 있었고, 사람은 아무도 없었다. 이런 세계로는 게임을 만들 수 없을 것 같았다. 이곳은 멸망하지도 않았고, 그렇다고 사람 사는 곳 같지도 않았다. 아무것도 보여주지 않으니 이해할 수 없는 풍경.

"어머니, 제가 싫으십니까?"

나도 모르게 마음에서 이런 말이 삐져나왔다. 어머니는 한동안 나를 바라보다가 내 머리를 쓰다듬었다.

"아니. 그럴 리가."

나는 산아래로 펼쳐진 마을과 더 멀리 있는 강을 다시 바라보았다. 비가 많이 내리면 홍수가 날 수도 있었다. 산이 무너지면서 산사태가 날 수도 있었다. 어느 날 갑자기 지면을 뚫고 하얀 뼈다귀들이 튀어나올 수도 있었다. 어쩌면 아무 일 없는 그냥이란 없는 건지도 몰랐다.

"어머니."

"응?"

"하루만 더 기다려 줄 수 있으십니까?"

"물론. 당연하지."

우리는 오랫동안 무덤의 반대편을 바라보았다. 곰팡이들이 하늘을 누렇게 파먹을 때까지.

31

생각해 보면 그랬다.

어머니는 내게 반드시 학교를 졸업해야 한다고 말한 적이 없었다. 내가 학교에 나가지 않는다는 사실을 언제 알았는지는 모르겠지만, 내가 아버지의 게임 캐릭터를 보여 주지 않았더라면 계속 가만히 뒀을지도 모르겠다.

어머니는 내게 게임을 금지시킨 적도 없었다. 내가 컴퓨터를 샀을 때, 어머니는 그걸 거실에 두자고 말할 수도 있었다. 이용 제한 프로그램이나 모니터링 프로그램을 설치하자고 말할 수도 있었다. 그러나 어머니는 그렇게 하지 않았다. 퇴근하고 집에 돌아와서 음흉한 미소를 지으며 본체와 모니터에 손을 대 보는 일도 없

었다. 그건 무관심이 아니라, 어머니가 나를 존중하는 방식이었다
는 걸 이제는 좀 알 것 같다. 기대가 없으면 실망도 없는 법이다.
내가 나 자신을 믿는 것보다도 더 많이, 어머니는 나를 믿었는지
도 모른다.

생각해 보면 어머니는 내게 뭔가를 묻지는 않았지만, 내가 말하
는 걸 허투루 듣지도 않았다. 우리 집은 규칙에 따라 돌아가고 있
었다. 나도 이해할 수 있는 규칙이 작동한다는 것. 그건 게임 속에
서 내가 마법을 사용하면 마법이 발동한다는 것과도 같았다. 내가
어머니와 대화를 나눌 수 있다는 것, 그건 우리 집에서 내가 가난
한 꼬맹이 마크가 아니라 플레이어라는 사실을 뜻했다.

어머니는 항상 들을 준비가 되어 있었다. 입을 다물고 있었던
건 오히려 나였다. 내 감정이 어떤지, 내가 어떤 생각을 하는지, 나
는 어머니에게 털어놓은 적이 없었다. 나는 그게 어머니에게 부담
을 주는 일이라고 생각했다. 짐덩이가 되고 싶지 않았기에, 나는
아무 일 없는 척 살았다. 그게 좋은 거라고 믿었다.

하지만 이제는 그렇지 않다는 걸 안다.

월요일이 되었고, 학교에 가야 했다. 학교에 가는 길은 우울하
지 않았다. 다만 오랜만에 걷는 길이 어색할 뿐이었다. 나는 점심

시간에 학교에 갔다. 이유가 있기도 했지만 물리적, 심리적 준비를 할 시간도 필요했다. 이 시간에 학교에 가는 건 처음이었다. 솔직히 점심시간에 학교에 갈 바엔 이비인후과에 가서 감기라고 우기고 질병 결석을 하는 편이 합리적이었다. 이렇게 가까이에도 처음 해 보는 일이 있구나. 새삼 신기한 기분.

점심시간의 학교 운동장은 생기가 넘쳤다. 나는 늘 교실이나 도서관에만 있었기에 마치 전설처럼 듣기만 했던 풍경이었다. 운동장에는 축구를 하는 아이들이 있었고, 운동장 둘레를 줄지어 빙글빙글 도는 애들도 있었다. 그중 한 무리가 비눗방울을 불면서 놀고 있었다. 명찰을 보니 3학년 선배들이었다. 내가 그들을 봐서 그런가, 그들도 나를 봤다. 그들은 순식간에 다가와 나를 에워쌌다. 나는 눈을 질끈 감지 않기로 했다.

"애, 너도 불어 볼래?"

선배 하나가 작고 노란 플라스틱 통과 올가미 모양으로 꼬인 핑크색 철사를 내밀었다. 어머니가 먹던 약과 비슷한 크기의 통이었다. 내가 머뭇거리자, 다른 선배가 호탕하게 웃으며 내 등을 두드렸다.

"나쁜 거 아니니까 긴장하지 말고. 비눗방울은 교칙 위반도 아니야. 말하자면 학교에서 허락한 유일한 마약이랄까."

그렇게 말하면서 자기 손에 든 비눗방울을 불었다. 정말로 비눗방울이 나왔다. 나도 플라스틱 통과 올가미 모양의 철사를 받아들었다. 선배가 했던 것처럼 비눗물에 철사를 담갔다가 조심스럽게 불었다.

크고 작은 동그라미들이 생겨났다. 맑은 하늘을 향해 무지개를 품은 방울들이 잠깐 날아올랐다. 선배들은 비눗방울을 터뜨리거나 손바닥으로 조심스럽게 통기며 놀았다. 하지만 대부분의 비눗방울은 바람을 타고 저 멀리로 날아갔다. 안에 아무것도 숨기지 않고. 그 얇은 몸으로 용감하게.

교실로 들어오는 나를 보고, 효종은 자기 생각대로 됐다고 생각한 모양이었다. 그는 비열한 웃음을 지으며 내게 다가왔다. 이미 승리했다는 듯한 의기양양한 웃음. 나는 저 표정이 싫었다.

"그래, 네가 뭘 어쩌겠니. 재밌는 걸 준비했더라?"

평소처럼 대답하지 않을 수도 있었다. 하지만 그러지 않기로 했다. 가방에서 노트를 한 권 꺼냈다. 내가 점심시간이 되어서야 학교에 온 이유. 손이 떨려서 몇 번이나 놓칠 뻔했지만, 마지막이라고 생각하니 용기가 났다.

"여기엔 네가 지금까지 내게 한 짓이 날짜와 시간별로 모두 정리되어 있습니다."

"그래? 그래서 어쩌라고?"

효종은 내 손에서 노트를 빼앗아 몇 페이지를 살펴보았다. 나는 효종의 표정을 봤다. 분함인지 불안함인지 얼굴 근육이 꿈틀거렸다. 그러더니 효종은 노트를 두 손으로 잡고 북북 찢었다.

"열심히 썼는데, 아쉽게 됐네."

다시 비열한 미소. 하지만 고작 그런 거에 쫄 거라면 노트를 보여 주지도 않았다. 목소리가 떨리지 않도록 숨을 깊이 들이쉬었다. 어제 어머니가 영화를 보고 했던 말이 떠올랐다. 어머니에게도 용기가 필요했을 것이다. 용기를 내는 용기. 용기를 내기 위한 준비. 길마 누나의 말마따나 나는 좀 박치기를 해 보기로 했다.

"사본도 없이 보여 줬을 거라고 생각합니까? 당연히 사본도, 그것의 디지털 카피도 있습니다. 무슨 짓을 해도 기록을 없앨 순 없을 겁니다. 차라리 찢지 않고 보관해 두는 게 현명했을 터입니다."

"지금 날 가르치려고 드는 거냐? 싸워서 이길 자신은 있고?"

효종이 내게 달려들어 멱살을 잡았다. 똑똑한 양아치보다 멍청한 양아치가 더 멋있어 보인다는 믿음은 도대체 언제부터 유행을 탄 걸까.

"없습니다. 이길 수 있으면 진작에 때려눕혔을 겁니다. 하지만 이거 하난 확실히 말씀드리겠습니다. 더 건드리면 반드시 일을 키우겠습니다."

"협박하는 거냐?"

"협상하는 겁니다. 저는 오늘부로 학교를 떠날 겁니다. 어차피 앞으로는 볼 일도 없으니 피차 깨끗하게 끝내자는 겁니다. 그래도 계속하겠다면……."

나는 주먹을 꽉 쥐었다. 어느새 손이 떨리지 않았다.

"그때의 경비라도 불러서 반드시 되갚아 드리겠습니다. 지난번의 화단 일로 이를 갈고 있는 걸 봤습니다만."

내 멱살을 잡은 손에서 힘이 빠졌다. 그 틈에 나는 효종을 뿌리치고, 떨리는 발걸음으로 교실 밖으로 나왔다. 효종은 쫓아 오지 않았다.

그 길로 바로 교무실로 향했다. 점심 시간은 선생과 차분하게 이야기할 수 있는 유일한 시간이었다. 중요한 이야기가 있다고 하니, 선생은 나를 교무실 한 켠에 있는 작은 방으로 데려갔다.

"오늘부로 자퇴하려고 합니다."

선생은 어쩐지 좀 예상했다는 듯 가만히 고개를 끄덕였다.

"어머님과는 이야기했니?"

"아뇨, 들어가서 이야기해 볼 겁니다."

"그렇구나."

선생은 자리에서 일어나 한동안 방 안을 서성였다. 어머니와 얘기하지 않으면 받아들일 수 없다는 건가? 앞뒤 재지 않고 찾아오기는 했지. 하지만 왠지 말릴 거라는 생각은 들지 않았는데. 그때 선생의 목소리가 들려왔다.

"알겠다."

선생은 내게 다가와 쭈그리고 앉았다. 의자에 앉은, 키 작은 나보다 선생은 더 아래에 있었다. 선생은 손을 뻗어 내 손을 잡았다.

"아무것도 못 해 줘서 미안하구나."

선생이 고개를 숙였다. 좀 당황스러워서 대답이 반사적으로 튀어나왔다.

"괜찮습니다."

내가 말했다. 그래도 선생은 고개를 들지 않았다.

"요즘 돌아가는 상황을 모르지 않습니다. 애들 일에 함부로 개입했다가 봉변을 당하는 선생도 많다는 걸 알고 있습니다. 그리고 선생님께서 제 일에 개입하셨다면, 분명히 저는 더 곤란해졌을 겁니다."

한 번 말을 시작하니까 언제 이렇게 길게 말한 적이 있었나 싶을 정도로 긴 문장이 튀어나왔다. 내 안에 이런 게 있었던가, 놀라울 정도였다. 선생은 당황한 듯, 한 편으로는 좀 감동한 듯 눈시울을 붉혔다.

"그렇게 말해 줘서 고맙구나. 네 말이 맞아. 나는 좀 겁쟁이였는지도 모르겠다."

"아닙니다. 함부로 휘두르는 친절이 얼마나 위험한지 잘 압니다."

그래. 그걸 알면서도 나도 어머니에게 비슷한 짓을 저지른 건지도 몰랐다. 선생은 스턴이라도 걸린 듯 나를 멍하니 보다가 웃음을 터뜨렸다. 그러고는 일어나 무릎을 툭툭 털었다.

"네가 그 이상함을 오래 간직했으면 좋겠다."

32

집으로 돌아오는 길에 케이크를 샀다. 지난번 생일에 먹지 못한 보라색 코끼리가 그려진 케이크였다. 낮에 거리를 돌아다니고 있자니, 기분이 이상했다. 분명히 이건 방학 때도 해 본 일이었고, 학교를 빠지는 동안에도 해 본 일이었지만 지금은 뭐랄까, 좀 더 발걸음이 가벼웠다.

월요일에 어머니는 늦게 들어온다. 나는 〈원더러즈 판타지〉에 접속해서 할 일을 했다. 이것도 이전과는 좀 다른 기분이었다. 지금까지는 내릴 수 없는 기차에서 별을 바라보는 기분이었다면, 이제는 기차에서 내려 땅에 발을 붙인 것만 같았다. 내 방, 내 세계, 내 게임. 이 모든 건 어쩌면 작은 창문으로 보는 것에 불과했을지도 몰랐다. 여태 나는 그 창조차도 커튼으로 가려놓고 살았고.

오늘따라 저녁이 천천히 왔다. 하지만 늘 그렇듯 반드시 왔다. 현관 비밀번호를 누르는 소리가 들렸다. 나는 냉장고에서 케이크를 꺼내 식탁 위에 올려 두고 자리에 앉았다. 식탁에 앉아 있는 나를 보고 어머니는 조금 놀란 것 같았다.

내가 먼저 말했다.

"어머니, 저 자퇴하고 싶습니다. 학교에 저를 괴롭히는 아이가 있습니다."

어머니는 아무 말도 하지 않았다.

"이 케이크는 제가 사 온 겁니다. 생일 때 케이크 못 먹어서 아쉬웠습니다. 맛있어 보였습니다."

어머니는 아무 말도 하지 않았다.

"저는 상담이 싫습니다. 상담사에게는 아무 말도 하고 싶지 않습니다. 만약 제 문제 혹은 저와 어머니 사이의 문제 때문에 상담을 받아야 하는 거라면…… 직접 이야기하고 싶습니다."

어머니는 아무 말도 하지 않았다.

"지난번의 게임은…… 어머니가 걱정돼서 한 일입니다. 찬장에서 우울증 약을 발견했습니다. 어머니가 좀 더 앉아 있을 필요가 있다고 판단했습니다."

어머니는 아무 말도 하지 않았다.

"어머니, 저는 괜찮습니다. 그리고 어머니도 괜찮았으면 좋겠습니다. 학교를 멋대로 빠진 건 죄송합니다."

어머니는 아무 말도 하지 않았다. 다만 천천히 이마를 짚고 식탁에 앉았다.

"오늘 갑자기 말을 배우기라도 한 것 같구나."

"죄송합니다."

어머니가 내 머리를 쓰다듬었다. 웃고 있었다.

"아니야. 돌아와 줘서 고마워."

그 뒤로는 다음과 같은 일들이 일어났다.

어머니는 내 자퇴를 허락해 주었다. 나는 어머니가 작성해 준 자퇴신청서를 들고 학교에 한 번 더 가야 했다. 굳이 교실에 갈 필요는 없었지만, 마지막이라고 생각하니까 기분이 좀 이상해서 잠깐 들렀다. 교실에는 효종이 있었다. 눈이 마주쳤지만, 그는 나를 못 본 척했다. 아무 일도 일어나지 않았다. 지금까지 학교에 다닌 시간이 멸종해 버린 것처럼. 멸종 뒤로도 세계가 망하지는 않는 것처럼. 나는 마지막으로 매점에 들러 비눗방울 장난감을 하나 사다가 운동장 한 귀퉁이에 놔두고 영영 학교를 떠났다.

어머니는 내가 학교에 가지 않으면 하루 종일 〈원더러즈 판타지〉만 붙잡고 있을까 봐 걱정했다. 우리는 하루 게임 이용 시간을 정했다. 약속을 어기면 다시 상담에 끌고 다닐 거라고 어머니는 농담 반 진담 반으로 협박했다. 그리하여 나는 우리 길드원들이 처리하기 까다로운 낮 시간의 퀘스트만을 전담하는 정말로 비밀 요원 같은 포지션이 되었다. 내가 자퇴했다는 소식을 숙제방에 전하자 길마 누나와 야수 형, 저주법사 형 모두 나를 축하해 주었다. 사회에 나가 보니 뭐 의무교육이라는 게 살면서 꼭 필요한 건 아닌 것 같다고 했다.

"상투적인 말이지만 시간이 많아졌으니까 너무 게임만 하지 말고 꿈을 찾으렴."

야수 형이었다.

"너나 잘하라는 저주로다."

저주법사 형이 놀렸다. 말이 나온 김에 덧붙이자면 야수 형은 이제 다른 회사를 구하는 건 포기하고, 요즘 음악을 배우고 있다고 했다. 자기가 직접 작곡했다는 노래를 들려주었는데, 정말 '쨍강쨍강'이라는 형용사가 딱 어울리는 그런 노래여서 나는 그 노래를 다운로드받아 기상 알람으로 설정해 두었다.

아버지가 쓰러지기 전까지 쓰던 노트북과 휴대전화는 어머니에게 있었다. 혹시라도 내가 괜한 관심을 가질까 봐 자동차 트렁크 깊숙한 곳에 숨겨 놨다고 했다. 나는 어머니에게 그 안에는 뭐가 들어 있었는지 물었다. 어머니 말에 따르면 아버지는 하필이면 애플 기기만 썼는데, 애플사에서는 아무리 가족이라고 해도 아이디와 비밀번호를 알려 주지 않더라고 했다. 이제는 끝난 일이니 아무래도 상관없는 건지도 모르겠지만. 나는 어머니에게 아버지의 옛 노트북에 있던 자료 이야기를 해 주었다. 어머니는 선배의 이야기를 듣고 기겁을 하더니 읽어 보고 싶지는 않다고 했다.

조 아저씨에게는 별일이 없었다. 내가 약속대로 10만 원을 돌려주러 갔을 때, 아저씨는 화단을 정리하고 있었다. 봉변을 당했던 꽃들은 어느새 제대로 자리를 잡고 자라고 있었다. 아저씨는 그 옆에서 낙엽을 쓸고 있었다. 아저씨는 한사코 돈을 받지 않으려고 했다. 하지만 이것까지 완료되어야 임무가 완료되는 거라는 내 말에 민망한 듯 뒤통수를 긁으면서도 결국 5만 원권 두 장을 받아 들었다.

"임무는 성공인가, 에이전트 엘리펀트?"

나는 전에 에이전트 조가 보여 준 것처럼 경례를 해 보았다. 여전히 잘되지 않았다.

"임무는 실패했습니다. 하지만 분명히 상황은 전보다 편안해졌습니다."

"우린 그걸 성공이라고 부른다네. 에이전트 엘리펀트."

조 아저씨는 이번에는 경례를 하는 대신 내게 손을 내밀었다. 나는 아저씨의 손을 잡고 흔들었다. 땀으로 축축한 두 손이 찐득하게 달라붙었다. 화단에는 꽃들이 무성하게 자라고 있었다. 뿌리째 뽑혔던 일은 일어난 적도 없었다는 듯이.

작가의 말

　제가 어릴 때의 일입니다. 아마 초등학교도 들어가기 전의 일이었을 겁니다. 지금은 이름도 관계도 정확히 기억나지 않는 한 어른께서 돌아가셨습니다. 저는 부모님과 함께 장례식장에 갔습니다. 어머니는 제가 한 번도 입어 본 적 없는 뻣뻣하고 단정한 옷을 입혔습니다. 신발도 걸을 때마다 소리가 나는 신발이 아니라 다른 것을 신어야 했습니다.

　그래서였을까요. 장례식장은 이 세계에 있는 곳이지만 또 완전히 다른 세계라는 느낌을 받았던 것 같습니다. 이상한 냄새. 요란하지는 않지만 시끌벅적한 사람들. 어린이는 거의 없고 어른들만 있었습니다. 저는 어쩐지 어딘가로 끌려 들어가고 있는 것만 같았고, 무서워졌습니다.

어머니의 말에 따르면 저는 화장실 세면대 아래에 숨어 있다가 두 시간 만에 발견되었다고 합니다. 닌텐도 게임기의 배터리가 다 될 때까지 게임을 하고 있었대요. 《코끼리 무덤 케이크》는 그때의 기억이 이어져 탄생하게 된 작품입니다.

나이를 먹은 지금은 전보다 더 많은 장례식을 겪었습니다. 죽음은 저에게도 생경한 감각이지만, 남은 사람들의 감각에는 이제 조금은 익숙해졌습니다. 장례식장에서 어떤 단어를 사용해야 하는지, 어떤 옷을 입고 가야 하는지, 음식을 더 달라고 해도 되는지 등을 이제는 압니다. 하지만 여전히 심장이 쿵 내려앉는 순간들이 있습니다. 장례식장에서 오랜만에 만난 두 사람이 손을 맞잡고 울고 있을 때, 다음 날 해가 뜰 때까지 술잔을 기울이다가 천천히 일어설 때, 부모님의 손을 꼭 잡고 합죽이가 된 어린이를 볼 때, 저는 괜히 휴대폰을 꺼내 들고 딴청을 부리게 됩니다.

세상에는 아무리 이야기해도 모자란 이야기들이 있습니다. 종종 장례식에 오는 모든 사람들이 아주 용감한 사람들이라는 생각을 합니다. 우리는 태어났기 때문에 죽을 예정입니다. 남은 삶에 사랑을 주세요. 잃어버리기 전에 잊어버리면 안 돼요.

서윤빈

스피리투스
청소년문학
05

코끼리 무덤 케이크

초판 1쇄 발행 2025년 2월 25일

지은이 서윤빈

펴낸이 김현숙 김현정
펴낸곳 스피리투스/공명
책임편집 김현정
편집 김도경 김주희
디자인 정계수
일러스트 개박하
출판등록 2011년 10월 4일 제 25100-2012-000039호
주소 02057 서울시 중랑구 용마산로 636. 베네스트로프트 102동 601호
전화 02-432-5333 | **팩스** 02-6007-9858
이메일 gongmyoung@hanmail.net
블로그 http://blog.naver.com/gongmyoung1

ISBN 978-89-97870-89-9 (43810)

*책값은 뒤표지에 있습니다.
*이 책의 내용을 재사용하려면 반드시 저작권자와 공명 양측의 서면에 의한
동의를 받아야 합니다. 잘못 만들어진 책은 바꾸어 드립니다.

숨결, 정신, 마음을 뜻하는 스피리투스는 도서출판 공명의 문학 브랜드입니다.